KB121146

로크미디어가
유혹하는
재미있는 세상
ROK
MEDIA
로크미디어

Taming Master

테이밍 마스터

테이밍 마스터 41

2019년 7월 10일 초판 1쇄 인쇄
2019년 7월 15일 초판 1쇄 발행

지은이 박태석
발행인 이종주

총괄 김정수
경영지원 배진경 임혜솔 송지유

기획 이기헌 왕소현 박경무 이승제
책임 편집 금선정

발행처 (주)로크미디어
출판등록 2003년 3월 24일
주소 서울시 마포구 성암로 330 DMC첨단산업센터 3층 318호, 319호
Tel (02)3273-5135 **편집** 070-7863-8586 **Fax** (02)3273-5134
홈페이지 rokmedia.com **E-mail** rokmedia@empas.com

값 8,000원

ISBN 979-11-354-3398-6 (41권)
ISBN 979-11-5960-986-2 04810 (세트)

41

Taming Master

|박태석 게임 판타지 장편소설|

테이밍마스터

CONTENTS

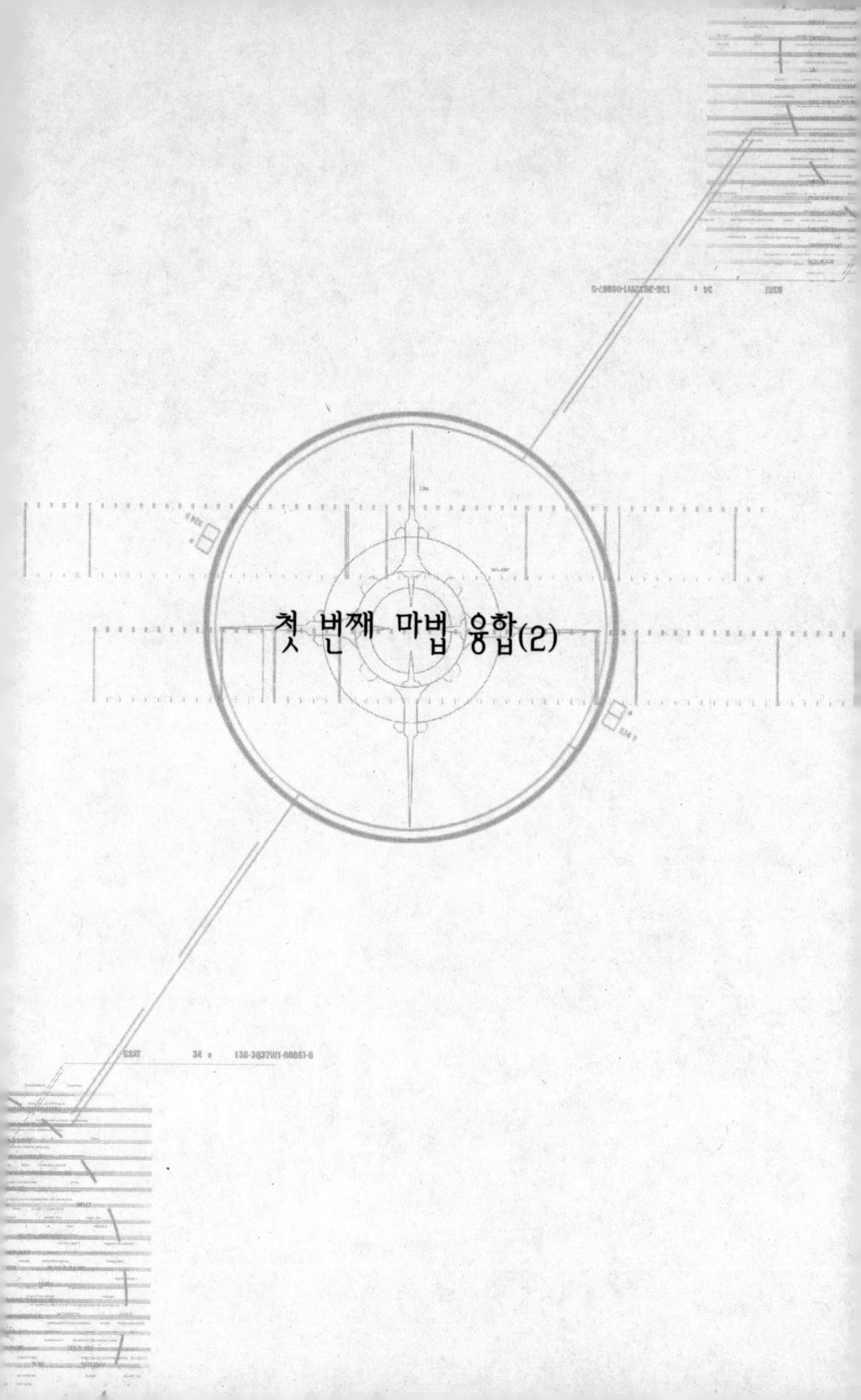

첫 번째 마법 융합(2)

Taming
Master

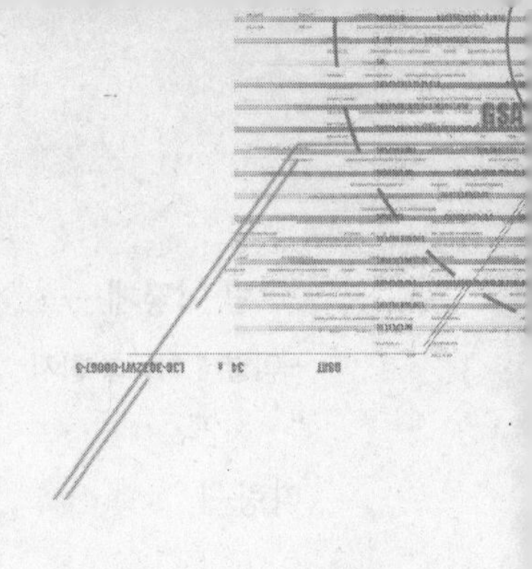

사실상 정령계라는 거대한 중간 차원계 하나의, 모든 메인 에피소드를 관통하는 연계 퀘스트.

그 대서사시의 일막一幕을 마무리한 보상은 이안의 기준에서도 정말 어마어마한 것이었다.

일단 한시적으로라도 '정령왕'과 계약했다는 부분부터가 엄청난 특전이었으며, 그 외에도 자잘한(?) 보상들이 추가로 쏟아졌으니 말이었다.

–흠, 자네. 대지의 정령술에 대해 너무 무지하군.

"아, 대지의 정령 마법들은 접할 기회가 없었던지라……."

–나 트로웰의 계약자가 대지의 정령 마법을 전혀 모르다니. 이건 있을 수 없는 일이지.

"그럼 어떻게……."

—이렇게 하도록 하지.

"……?"

띠링—!

—대지의 정령왕 '트로웰'로부터 고대의 정령 마법서 '클레이 스트레이프Clay Strafe(유일)(초월)' 아이템을 획득하였습니다.

—대지의 정령왕 '트로웰'로부터 고대의 정령 마법서 '어스 익스플로전Earth Explosion(영웅)(초월)' 아이템을 획득하였습니다.

—대지의 정령왕 '트로웰'로부터 고대의 정령 마법서 '스톤 샤워Stone Shower(희귀)(초월)' 아이템을 획득하였습니다.

……중략……

—내일 아침이 밝기 전까지, 이 정령 마법들을 모조리 습득하도록.

"……!"

트로웰의 파격적인(?) 제안에 이안은 벙한 표정이 될 수밖에 없었다.

한 권 구하기도 힘든 고대의 정령 마법서를 무려 다섯 권이나 쏟아 주었으니 말이다.

'뭐 이렇게 참된 NPC가 다 있어?'

어투만 들으면 마치, 어떻게 대지의 정령 마법을 이렇게 모를 수 있냐며 이안을 나무라는 듯한 느낌이었지만, 결론적으로는 기부 천사나 다름없었던 것이다.

'아낌없이 주는 나무가 따로 없네. 외모가 나무처럼 생겨서 그런가?'

인간과 나무의 중간(?)쯤 되어 보이는 트로웰의 외모를 힐끔 보며, 히죽히죽 미소 짓는 이안.

트로웰에 대한 호감도가 급격히 상승한 이안의 입가에, 자본주의의 미소가 한층 덧씌워졌다.

"내일 아침까지, 전부 다 마스터해 오겠습니다, 트로웰 님."

–후후, 좋은 자세로군.

그리고 이안과 트로웰의 대화는 계속해서 더 이어졌다.

오랜 잠에서 깨어난 트로웰이 이안에게 궁금한 것들을 물어보았기 때문이었다.

이안이 지금까지 진행한 에픽 히든 퀘스트들.

그 퀘스트들을 어떻게 클리어하였으며, 어떤 길을 지나 이 자리까지 오게 되었는지.

그 이야기를 듣는 트로웰은 마치 자신이 이안이 되기라도 한 듯 몰입하였다.

"그래서, 그락투스 일족과는 이렇게……."

–오오! 대단하군!

"마타야 협곡에서는 이런 일이……."

–크, 이럴 수가! 기계 드래곤이라니! 엄청나잖아!

그리고 그렇게 이안의 이야기가 모두 끝나자, 이안을 응시하는 트로웰의 표정은 더욱 흡족하게 변하였다.

-역시 나의 안배를 수행한 영웅답군.

"과찬이십니다."

-자네와 함께라면 기계문명과의 전쟁…… 이번에는 분명히 승리로 이끌 수 있을 것 같구먼.

"과거와 달리 다른 정령왕들께서 안 계시는데…… 가능하겠습니까?"

-크흠! 덜떨어진 라그나로스와 바보 같은 에실론보다는…… 자네가 나을 것 같아서 하는 말일세.

"하, 하하……."

이어서 이안과 이야기를 조금 더 나눈 트로웰은 드디어 새 퀘스트에 대한 이야기를 꺼내기 시작하였다.

-어찌 됐든, 이제 며칠만 지나면…… 본격적으로 전쟁이 다시 시작될 걸세.

"찰리스가 이를 갈고 있겠죠."

-오호, 자네. 찰리스도 알고 있는가?

"전에 잠깐이지만 만나 본 적이 있습니다."

-……찰리스를 만나서 살아 돌아오다니! 자네 역시 대단하군.

"찰리스의 분신 같은 존재를 만났던 거라……."

-그래도 어쨌든 대단해.

잠시 뜸을 들인 트로웰의 말이 다시 이어졌다.

-일단 자네 덕에 깨어나기는 했네만, 나는 아직 모든 힘을 회복하지

못한 상태라네.

"알고 있습니다."

-내게 1주일 정도만 시간을 주시게나.

"시간을 달라는 말씀은……."

-1주일 동안 요람 안에서 정령력을 회복할 생각이라네. 물론 1주일이 지나도 100% 회복이야 불가능하겠지만…….

"아하, 그렇군요."

-그래도 모든 성물들의 힘을 흡수할 시간은 충분히 될 테니 말이지.

"그럼 1주일 뒤엔……."

-전쟁이 시작되겠지.

띠링-!

트로웰과의 대화가 일단락되자마자, 곧바로 떠오른 붉은 빛깔의 시스템 메시지들.

-조건이 충족되었습니다.

-새로운 연계 에픽 퀘스트가 생성됩니다.

-새로운 에피소드가 오픈됩니다.

-'기계 전쟁의 서막(에픽)(히든)(비활성화)' 퀘스트를 수령하였습니다.

-퀘스트 활성화까지 남은 시간 - 167 : 23 : 59

이어서 그와 동시에, 같은 색깔의 강렬한 빛깔의 시스템 메시지가, 월드 메시지로 한 줄 추가되었다.

—유저 '이안'에 의해 중간계의 신규 에피소드가 오픈됩니다.

—7일 뒤, '기계 전쟁의 서막' 에피소드가 시작됩니다.

중간계에 오랜만에 떠오른 월드 메시지는 다시 커뮤니티를 뜨겁게 달궈 놓았다.

기사 대전의 리그전에 집중되어 있던 유저들의 관심이 옮겨 갈 만큼, 충분한 빅 뉴스였으니 말이었다.

—와, 이번에도 이안이야?

—미친, 기사 대전에도 안 나오더니. 저거 하고 있었나 보네.

—캬……! 신규 에피라니. 정령계랑 기계문명. 아직 절반도 공략 안 된 거 아니었음?

—그러게. 커뮤니티 뒤져 보면 랭커들도 메인 퀘 깬다고 헤딩 중이던데. 대체 신규 에피가 왜 벌써 열린 거지?

새로운 에피소드가 열리면, 유저들은 열광할 수밖에 없다.

비록 자신이 그 선두에 서서 콘텐츠를 선점하는 게 아니라 하더라도.

중위, 하위권 유저들을 위한 콘텐츠들이 따로 오픈되기 때문이었다.

새로운 스토리와 관련된 하급 던전이 열린다든가, 에피소드와 관련된 새로운 NPC들이 마을에 등장한다든가.

또는, 관련 세트 아이템이나 희귀 아이템들이 드롭되기 시작한다든가 하는 내용들 말이다.

사실 카일란 수준으로 업데이트가 빠르고 방대한 게임은 이제껏 없었기 때문에, 라이트 유저들은 그 하급 콘텐츠들을 따라가기도 벅찰 지경이었지만 말이다.

—역시 갓겜…….

—그나저나 님들, 이거 타이밍 예술이지 않나요?

—무슨 타이밍요?

—신규 에피 시작되는 타이밍이 정확히 리그전 끝난 다음 날이잖아요.

—어어? 그러고 보니……?

커뮤니티에서는 신이 난 유저들이 이런저런 추측을 하기도 했고…….

—뭐지, 이안 혹시 운영자랑 무슨 관계있는 거 아님?

—글쎄요. 지난번 기획자 인터뷰 보면, 딱히 그런 것 같진 않던데…….

—하긴, 기획팀 친구들 이안 때문에 울면서 인터뷰 하긴 하더라구요.

그 추측들 중에는 놀랍게도 맞아떨어지는 이야기들도 제

법 있었다.

—이안이 게임 운영진이랑 무슨 관련이 있다기보다는 퀘스트 기획팀에서 일정을 맞게 조절했을 수는 있겠죠.

—아하. 그게 더 신빙성 있겠네요.

—아무래도 뉴 에피가 기사 대전 일정이랑 겹치면, LB사 측에서는 손해니까요.

—LB사만 손해가 아님. 기사 대전 때는 기사 대전에 집중하고 싶지, 신규 에피 열리면 랭커들 선택장애 걸릴 듯.

—그것도 맞는 말이고요.

이안이 트로웰을 깨워 낸 시점이야 카일란 기획팀에서 손을 댈 수 없는 부분이었지만, 새 에피소드가 열리기까지 설정된 7일이라는 시간은, 기획팀에서 의도적으로 조정한 부분이 맞았으니 말이다.

"후우."

커뮤니티에 올라온 글들을 읽어 내려가던 나지찬이 고개를 절레절레 저으며 중얼거렸다.

"귀신 같은 놈들……."

그리고 나지찬의 한숨 섞인 중얼거림에 옆에 있던 팀원이 한마디 덧붙였다.

"저 댓글 단 친구, 제법 똑똑한 편이네요."

"그러게."
"팀장님, 오늘도 야근이죠?"
"그런 건 뭐 하러 물어보냐, 입 안 아프냐?"
"……."

한숨을 푹푹 쉬기는 했지만, 지금 기획3팀은 한차례 숨을 돌린 상황이었다.

결국 정령왕을 이용하여 이안의 관심을 확 끌어와서, 키메라와 관련된 콘텐츠를 구석으로 치우는 데(?) 성공했으니 말이었다.

물론 신규 에피소드를 내줬다는 점은 뼈아팠지만, 그래도 최악은 막았다고 할 수 있었다.

'이렇게 해 놨으니, 못해도 보름 정도는 번 셈이네.'

그리고 상황이 기왕 이렇게 되자, 나지찬은 한 가지 기대가 되기 시작하였다.

'이안도 이제 기사 대전에 참전할 테고…….'

지금껏 기사 대전에 코빼기도 보이지 않았던 이안이지만, 이렇게까지 상황이 딱 떨어지게 흘러가는 데도 참전하지 않을 리는 없을 것이었고.

과연 이 시점에서 이안이 글로벌 랭커들을 상대로, 어떤 활약을 보여 줄지 기대되지 않을 수 없는 것이다.

'최근에 몇몇 랭커들이 치고 올라오긴 했지만, 이안 수준은 아니고…… 이안 무쌍을 볼 수 있으려나?'

어느새 이안으로 인한 고통은 잊어버린 것인지, 기사 대전을 상상하며 싱글싱글 웃는 나지찬이었다.

퀘스트가 일단락된 뒤, 이안이 가장 먼저 한 것은 당연히 고대의 정령 마법서를 살펴보는 것이었다.

"훗차."

한 권 구하기도 힘든 정령 마법서를 무려 다섯 권이나 구했으니, 다른 모든 것들보다도 정령 마법을 연구하는 것이, 가장 우선될 수밖에 없는 상황이었던 것이다.

마법서들을 살피는 이안의 입에서 히죽히죽 웃음이 새어 나오는 것은 너무도 당연한 수순.

"흐흐, 흐흐흐."

물론 이안이 히든 퀘스트를 클리어하고 얻었던 '마이티 프로즌Mighty Frozen'보다 더 좋은 마법이 있는 것은 아니었지만.

그럼에도 불구하고 이안은 전혀 실망하지 않았다.

'어차피 융합하면 되니까.'

정령 수호자로부터 고대의 정령술을 배운 뒤로, 이안에게는 '고대의 정령 마법 융합술'이라는 흥미진진한 콘텐츠가 생겼으니 말이었다.

'어중간하게 좋은 마법 하나보다, 이렇게 짤짤이가 많은

게 더 낫지.'

이안이 얻은 다섯 권의 정령 마법서 중, 영웅 등급과 유일 등급은 각 하나씩뿐이었다.

나머지 세 개의 마법서는 고작 희귀 등급에 불과했던 것.

그래서 이안은 가장 먼저 이 희귀 등급의 마법들을 융합해 볼 생각이었다.

'일단 융합을 하려면, 습득부터 해야겠지.'

스킬 북들을 전부 살핀 이안은 연신 히죽거리며 정령 마법을 습득하기 시작하였다.

―고대의 정령 마법서 '클레이 스트레이프Clay Strafe(유일)(초월)'를 습득하였습니다!

―고대의 정령 마법서 '어스 익스플로전Earth Explosion(영웅)(초월)'을 습득하였습니다!

―고대의 정령 마법서 '스톤 샤워Stone Shower(희귀)(초월)'을 습득하였습니다.

―고대의 정령 마법서 '어스 페더Earth Fetter(희귀)(초월)'을 습득하였습니다.

―고대의 정령 마법서 '어스 블레싱Earth Blessing(희귀)(초월)'을 습득하였습니다.

―마법을 추가로 습득하여, '고대의 정령술'에 대한 이해도가 증가합니다!

트로웰로부터 얻은 다섯 가지의 마법들 중에서, 이안이 실전에서 사용할 만한 마법은 하나뿐이었다.

'클레이 스트레이프…… 이것 빼면 좀 애매해.'

유일 등급의 정령 마법이자 광역 공격 마법인 클레이 스트레이프를 제외하면, 나머지는 계륵과 같은 느낌이었으니 말이다.

영웅 등급의 마법인 어스 익스플로전이 있음에도 불구하고, 오히려 유일 등급의 마법이 유용하다고 생각하는 데에는 당연히 이유가 있었다.

마법 공격력 계수야 어스 익스플로전이 월등했지만, 소환 마력 계수가 거의 없다시피 하였으니 말이다.

만약 이안이 마법형 소환술사였다면 무조건 어스 익스플로전을 선택했겠지만, 지금의 이안에게는 소환 마력 계수가 높은 클레이 스트레이프가 더 고효율의 마법이었다.

'자, 그럼 남길 마법은 결정했고…… 융합을 어떻게 해 볼까.'

마법 목록을 확인한 이안은 눈을 빛내며 고민에 빠졌다. 그리고 잠시 후, 융합할 세 가지 마법을 차례로 선택하였다.

"희귀 등급 세 개를 한 번에 합쳐 보지, 뭐."

완전히 처음 접하는 콘텐츠임에도 불구하고, 망설임 없이 마법들을 선택하는 이안.

–삼단융합의 경우, 융합 성공률이 대폭 하락합니다.

–삼단융합을 성공할 시, 상위 마법을 획득할 확률이 크게 증가합니다.

경고(?) 시스템 메시지를 확인했음에도 불구하고, 이안은 망설임 없이 융합 스킬을 발동시켰고.

우우웅–!

이어서 이안의 손에서, 새하얀 빛줄기가 환하게 터져 나오기 시작하였다.

모두의 기대 속에서, 기사 대전이라는 카일란 글로벌 축제의 마지막 장이 열렸다.

치열한 싸움과 경쟁 속에서 살아남은 최후의 기사단원들.

전 세계 카일란 유저들의 이목은 전부 이곳에 모였고, 그것의 파장은 엄청났다.

게임에 대해 잘 모르고 평소에 관심도 없었던 사람들조차도, 오늘이 기사 대전 리그전의 개막식이라는 이야기는 한번쯤 들어 봤을 정도였으니 말이다.

"그거, 오늘 카일란에서 무슨 대회 한다던데."

"맞아요, 아빠."

"무슨 국가 대항전 같은 거니? 아빠 회사 직원들도 난리던

데 말이야."

"음. 축구로 치면 월드컵이라고 생각하시면 되고요."

"오호?"

"야구로 치면 WBC라고 생각하시면 될 것 같네요."

"이야, 그거 아빠도 보면 이해할 수 있는 거냐?"

"음, 저희 학교 교감 선생님도 재밌게 보시던데. 이따가 저녁에 같이 봐요, 아빠."

"그래, 저녁에 치킨이나 시켜 놓고 보자꾸나."

카일란의 기사 대전은 LB사에서 기대했던 것 이상의 폭발적인 관심을 끌어내었다.

카일란 유저들은 물론 범국민적인 관심까지도 끌어내었으니 말이다.

그리고 이러한 관심이 가능했던 이유는 딱 하나였다.

파고들면 이안 같은 게임덕후조차도 끝없이 연구할 요소들이 있는 복잡한 게임이 카일란이었지만.

반대로 그런 모든 것들을 전혀 모른 채 보아도, 충분히 이해하고 즐겁게 시청할 수 있는 게임이 또 카일란이었으니 말이다.

특히 기사 대전과 같은 대전 콘텐츠의 경우, 오히려 룰 자체는 일반적인 격투 경기보다도 쉬웠기 때문에, 게임을 잘 모르는 이들도 재미있게 볼 수 있는 것이다.

어떤 팀이 자국 게이머들로 이뤄진 팀인지만 알아도, 마치 월드컵 경기를 시청하듯 즐겁게 시청이 가능했으니까.

"그냥 싸워서 이기는 쪽이 이기는 거잖아. 그치?"

"맞아. 명쾌하네."

여하튼 이러한 관심 때문인지, 카일란의 커뮤니티는 날이 밝기가 무섭게 타오르고 있었고.

–님들, 대진표 언제 뜨는 거죠?

–오늘 여덟 시요.

–20시 아니고 8시 맞죠?

–그렇슴다.

–하, 대진표도 대진표지만, 길드별 정예 검투사 명단이나 빨리 떴으면 좋겠는데, 대체 왜 이렇게 숨기는 건지 모르겠네.

–그야 기대감을 끌어 올리기 위함 아닐까요?

–후우, 기대감이 끌어 오르다 못해, 현기증이 날 것 같으니까 그러죠.

–동감합니다.

–ㅋㅋㅋ

그 관심과 열기에 비례하여, LB사의 마케팅팀 또한 분주하기 그지없었다.

"다들 준비됐지?"

"넷, 팀장님! 이쪽은 마무리 끝났습니다!"

"여기도 문제없습니다!"

"자, 그럼 한 1분 정도 빨리 열자고. 1초라도 늦으면 전화기에 불날 것 같으니 말이야."

"오케이, 알겠습니다!"

"옙!"

그리고 그렇게 오전 8시가 되었을 때.

띠링-!

카일란을 플레이하던 모든 유저들의 눈앞에 글로벌 메시지가 두 줄 떠올랐다.

-카일란 기사 대전, 리그전이 오픈되었습니다.

-리그전의 일정, 조 편성과 세부 경기 방식에 대한 공지를 확인하세요!

패자부활전이 끝났던 바로 다음 날 아침.

리그전의 대략적인 룰은 이미 공개되었었다.

'포르투나'라는 새로운 맵에 대한 정보와 함께, 어느 정도 경기 방식까지 다음과 같이 공개됐었으니 말이다.

포르투나의 제1전장(검투장)

기사 대전의 최종 리그에 참전하는 열 개의 팀은 랜덤하게 두 개의 조에

편성됩니다.(A조 다섯, B조 다섯)
A조로 편성된 다섯 개의 길드는 오전 10시에 검투장에 입장하게 되며,
B조로 편성된 다섯 개의 길드는 오후 3시에 검투장에 입장하게 됩니다.
그리고 '검투장'에서 조별로 생존 싸움을 펼치게 됩니다.
각 조별로 마지막까지 살아남은 두 개의 팀만이 포르투나의 제2전장인 '운명의 언덕'에 입장할 수 있습니다.
*각 길드는 검투장에 입장할 열 명의 '정예 검투사'를 먼저 선출해야 합니다.
*검투장이 열리면, 선별된 열 명의 검투사 중 하나를 20초 내로 입장시켜야 합니다.
*입장한 검투사가 사망할 시, 10초 내로 다음 검투사를 투입해야 합니다.(투입하지 못한다면, 해당 길드는 남아 있는 정예 검투사의 숫자에 상관없이 검투장에서 아웃됩니다.)
*다섯 번째 입장한 정예 검투사까지 패배하여 생존에 실패한다면, 해당 길드는 검투장에서 아웃됩니다.
*검투장에서의 모든 경기가 종료되면, 제2의 전장인 '운명의 언덕'에 대한 정보가 오픈됩니다.

하지만 공개된 이 룰 때문에, 유저들은 더욱 애가 탈 수밖에 없었다.

어떤 식으로 결투가 진행될지 머릿속으로 그리다 보면, 각 길드의 라인업을 알고 싶었고.

그것을 통해 대전이 어떻게 흘러갈지 계속해서 상상해 보고 싶었으니 말이다.

게다가 공지의 말미에 명시되어 있는 제2전장이라는 '운명의 언덕'.

이곳은 대체 또 어떤 콘셉트인지 더욱 궁금할 수밖에 없었다.

그래서 오늘 올라온 각 길드별 라인업이 담긴 공지는 순식간에 조회 수가 폭발하듯 증가하고 있었다.

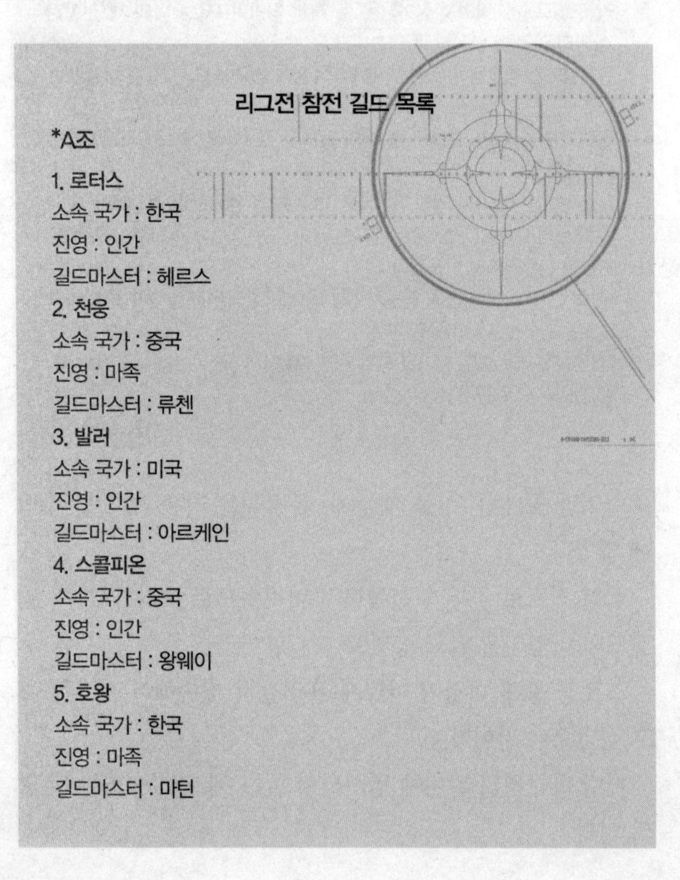

리그전 참전 길드 목록

*A조

1. 로터스
소속 국가 : 한국
진영 : 인간
길드마스터 : 헤르스
2. 천웅
소속 국가 : 중국
진영 : 마족
길드마스터 : 류첸
3. 발러
소속 국가 : 미국
진영 : 인간
길드마스터 : 아르케인
4. 스콜피온
소속 국가 : 중국
진영 : 인간
길드마스터 : 왕웨이
5. 호왕
소속 국가 : 한국
진영 : 마족
길드마스터 : 마틴

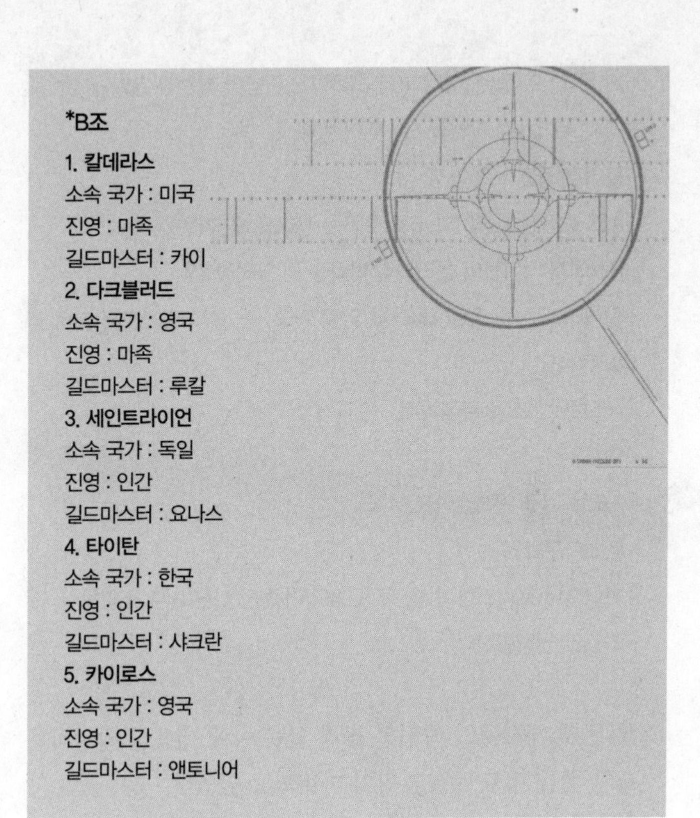

*B조

1. 칼데라스
소속 국가 : 미국
진영 : 마족
길드마스터 : 카이
2. 다크블러드
소속 국가 : 영국
진영 : 마족
길드마스터 : 루칼
3. 세인트라이언
소속 국가 : 독일
진영 : 인간
길드마스터 : 요나스
4. 타이탄
소속 국가 : 한국
진영 : 인간
길드마스터 : 샤크란
5. 카이로스
소속 국가 : 영국
진영 : 인간
길드마스터 : 앤토니어

우선 최상단의 게시물인 조 편성 공지 글에는 1분도 채 지나지 않은 시점에 이미 수백 개의 댓글이 주르륵 달려 내려가기 시작하였으며.

–와, 조 편성 보소. 1조 지옥인데?

—저 두 개 조 중에, 어디가 더 지옥인지 판별이 가능한 거임?

—역시 로터스랑 칼데라스는 찢어 놨네.

—붙여 놓으면 노잼이지.

—A조 호구는 호왕이고, B조 호구는 카이로스인가?

—B조에서 타이탄이 올라가길 바라는 건 무리겠죠?

—칼데라스는 뭔 짓을 해도 못 이길 거고……. 다크블러드에 비벼 볼 수 있으려나요.

—A조보단 B조가 꿀잼이네.

—왜요?

—A조는 너무 뻔하잖아요, 지금.

—뻔하다구요?

—보나마나 로터스랑 천웅. 두 곳 올라가겠죠. 다른 변수가 없음.

—카잘알 인정합니다.

두 번째 게시물인 라인업 공지 글은 아예 내용을 확인하는 것조차 힘들 정도로 트래픽이 마비되고 있었다.

각 길드별 정예 검투사 명단

로터스 : 이안, 레미르, 간지훈이, 유신…….
칼데라스 : 카이, 알파인, 크리스, 메가론…….
천웅 : 류첸, 타루르…….
……중략……
타이탄 : 샤크란, 에밀리, 세이론, 알랑크라…….
카이로스 : 앤토니어…….

하지만 첫 번째 게시물의 댓글 창이 혼탁(?)한 것과 달리, 두 번째 게시 글의 댓글 창은 완전히 상반된 분위기였다.

마치 산티아고에 성지순례 온 신도들처럼.

거의 같은 내용의 댓글이 도배되었으니 말이었다.

—이안갓……! 안멘…….

—이안갓! 이안갓이다!

—됐어. 여긴 첫 줄만 보고 나가도 되겠군.

—이안갓. 드디어 ㅠㅠ

—아, 아아…….

물론 댓글이 달린 커뮤니티가 한국 서버의 공식 커뮤니티였기는 하였지만.

그럼에도 불구하고 정말 하나도 빠짐없이 이안과 관련된 댓글이 이어진 것.

그만큼 한국 서버의 유저들은 이안의 출전에 목말라 있었고, 드디어 이안이 등장했음에 진심으로 감사(?)하는 것이다.

—이안, 레미르, 간지훈이…… 여기까지만 봐도 이미 게임 끝났군요.

—크……! 이제 팝콘각만 재면 되는 건가요.

—솔직히 이안 안 나왔어도 검투장이야 패스했겠지만, 2차 리그에서 칼데라스까지 이길 수 있을지는 확신 못 했었는데…….

-그런데요?

-하지만 이제 이안갓께서 강림하셨으니, 칼데라스가 너무 약하지 않기만을 바라는 중입니다.

-???

-너무 일방적인 경기는 재미없을 테니까요.

그리고 이러한 관심들 속에서 드디어 리그전의 첫 번째 경기가 시작되는 10시가 다가왔다.

기사 대전의 리그전을 위해.

오직 그 하나의 이벤트를 위해 만들어진 차원계, 포르투나.

포르투나는 중간계와 마찬가지로 세계 모든 유저가 접속이 가능한 글로벌 서버였지만, 결정적인 차이점이 두 가지가 있었다.

첫째, 리그전이 진행될 때에 한하여 한시적으로 열리는 한정 맵이라는 점.

둘째, 중간자의 위격이 없는 평범한 유저라 해도, 누구나 입장이 가능한 오픈 맵이라는 점.

그 때문에 지금 포르투나에는 정말 어마어마한 인원의 카일란 유저들이 쏟아져 들어오고 있었지만, 놀랍게도 질서가 유지되고 있었다.

이벤트성 차원계라고는 믿을 수 없을 정도로 맵의 퀄리티와 서버 안정성이 뛰어났으니 말이었다.

맵의 구석구석을 구경하는 데에 정신이 팔려 곧바로 콜로세움으로 향하지 않을 정도로.

포르투나는 넓고 볼거리가 널려 있었다.

"여기서 뭐 하는 거야. 빨리 서두르자고. 조금 더 늦으면 입장 못 할지도 몰라."

"앗! 벌써 시간이 그렇게 됐나?"

"시간은 좀 남았는데, 라이브 티켓은 금방 현장 매진 될 거라고."

"헉, 그럼 안 되는데?"

"그러니까 구경은 나중에 하고, 일단 뛰자."

"알았어, 마이클."

그리고 그런 전 세계의 수많은 인파들 속을, 느긋한 표정으로 거니는 무리들이 있었다.

"과대 형, 우린 안 뛰어도 되요?"

"그러게. 다들 티켓팅 때문에 급해 보이는데, 우리 이러다가 입장 못 하는 거 아니에요?"

제각각 다양한 복장에 특이한 구성을 가진, 한 무리의 한국인들.

그들의 정체는 다름 아닌, 한국대학교의 가상현실과 1학년 학생들이었다.

"다들 왜 이렇게 쓸데없는 걱정이 많아?"

"쓸데없는 걱정이라뇨!"

"이게 어떻게 생긴 기회인데, 오늘 아니면 언제 정규 수업 시간에 라이브 경기 보러 오겠어요?"

"티켓 못 구하면 다 과대 오빠 때문이라고요."

이안과 로터스가 참전하는 10시의 경기는 한국대학교의 2교시 수업 시간이었고.

해당 수업 시간을 맡은 이진욱 주임교수가, 대체 수업을 허락해 준 것이다.

그 때문에 가상현실과의 신입생들은 극도의 흥분 상태였던 것.

하지만 그렇게 안달 난 학생들의 재촉에도 불구하고, 과대는 무척이나 태연해 보였다.

"하, 이 친구들. 너희 설마, 우리 직속 선배님이 누구신지 모르는 거야?"

"그걸 아니까 지금 이러잖아요. 빨리 선배님들 알현하러 가야 되는데 지금……!"

"현기증 날 것 같아요, 형."

동기 동생들이 발을 동동 구르는 모습을 보며, 씨익 웃어 보이는 1학년의 과대.

그의 여유에는 당연히 이유가 있었다.

"이미 유현 선배님께서, RR석 좌석 티켓 싹 다 보내 주셨다고."

"저, 정말요?"

"그런 얘긴 못 들었는데!"

"당연히 못 들었겠지."

"……?"

"방금 게임 내에서, 메시지 전송으로 쏴 주셨으니 말이야."

"크, 대박!"

"멋있어……."

이진욱 교수의 배려와 화려한 선배들의 라인업(?) 덕에 수천만 원을 줘도 구하기 힘들다는 로열석의 티켓을 이미 확보했던 것이다.

"자, 이쪽으로……!"

하여 의기양양해진 과대 오상혁은 신입생들을 인솔하여 여유롭게 콜로세움 안쪽으로 입장하였다.

끝이 보이지 않는 줄이 매표소 앞에 늘어서 있었지만, 그것을 확인한 가상현실과의 학생들은 승리자의 표정일 뿐이었다.

"역시, 삼수하길 잘했어."

"이 학교 입학한 이후, 지금 제일 뿌듯한 거 알아?"

"크으……!"

그리고 경기 시작까지 15분 정도가 남았을 무렵.

배정된 로열석 중에서도 가장 좋은 자리를 차지하고 앉은 오상혁은 두 눈을 반짝이며 경기장을 내려다보기 시작하였다.

'오늘 저 경기장에, 진성 선배님이 나오신다는 거지.'

아직 얼굴은 실제로 한 번도 본 적이 없는 신기루(?) 같은 존재였지만.

그럼에도 불구하고 가상현실과에 입학한 이후, 귀에 못이 박히도록 들은 이름.

항상 화면에서만 보던 선배를 직접 영접할 생각에 상혁은 감개가 무량하였다.

'진성 선배가 몇 번째로 등장할까? 에이스니까 당연히 마지막이겠지? 아니면, 혹시 처음부터 나와서 다 쓸어 버리시려나?'

곧 시작될 전투에 대한 상상으로, 점점 더 흥분하기 시작하는 상혁.

그리고 이어서 떠오른 시스템 메시지에, 상혁을 비롯한 모든 인원들의 시선이 콜로세움 경기장을 향해 고정되었다.

―포트투나 제1전장, '검투장' 경기의 시간이 10분 남았습니다.

―이제부터 관중의 모든 추가 입장이 제한됩니다.

―잠시 후, A조로 편성된 다섯 팀의, 첫 번째 '정예 검투사'가 입장합니다.

“드, 드디어……!”

“오옷!”

조금 더 정확히 말하자면, 그들의 시선이 고정된 곳은 로터스 길드의 출전 진영.

“혹시 유현 선배님이 선발로 나오시려나?”

“바보냐. 유현 선배님은 아예 엔트리에 들어가지도 않았어.”

“그, 그래?”

“그냥 처음부터 진성 선배 나왔으면 좋겠다.”

“나도.”

“난 왠지 간지훈이가 선봉일 것 같은데.”

로터스의 랭커들은 줄줄이 다 꿰고 있었으니, 누가 먼저 나올지 너무도 궁금한 것이다.

하지만 다음 순간.

우우웅-!

로터스의 진영 앞에 만들어진 소환진을 확인한 학생들은 두 눈이 휘둥그레질 수밖에 없었다.

“어, 누구지?”

“뭐야?”

모든 라인업을 꿰고 있음에도, 등장한 인물의 정체를 알 수 없었으니 말이다.

“레미르랑 훈이 말고, 라인업에 마법사가 또 있었어?”

특이한 복장에 화려한 초록빛 지팡이를 들고 있는 마법사의 실루엣.

이 콜로세움에 모인 관중 중에, 그의 정체를 눈치챌 수 있는 이는 아무도 없었으니까.

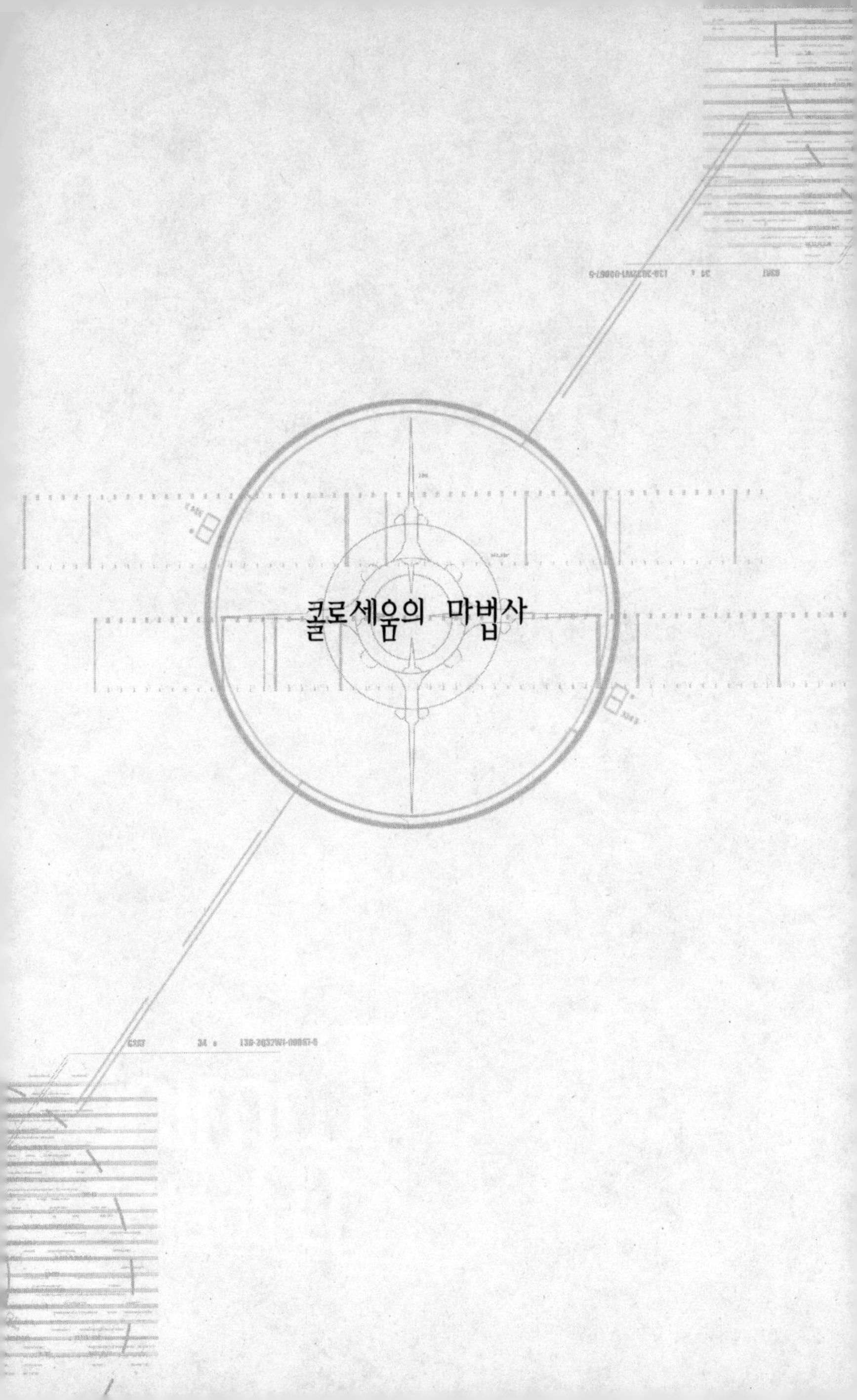

콜로세움의 마법사

Taming
Master

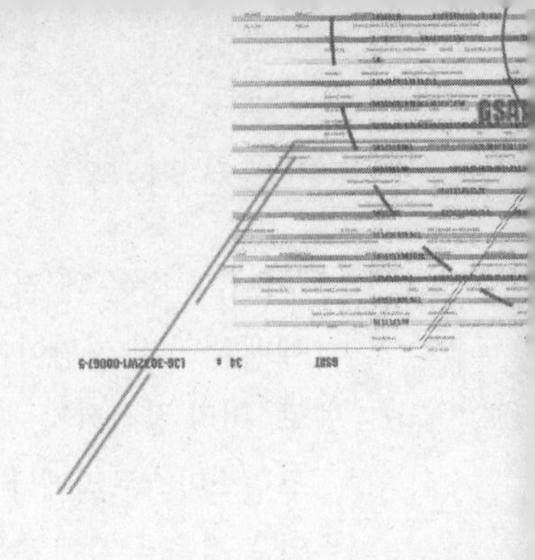

한눈에 보아도 어마어마한 마력이 휘감겨 있는 에메랄드 빛깔의 화려한 나무 지팡이.

처음 보는 비주얼의 마법사가 등장하자, 모든 관중의 시선이 그에게로 쏠리기 시작하였다.

기사 대전이 진행되는 동안 단 한 번도 등장하지 않았던 인물인 데다, 무척이나 튀는 비주얼이었기 때문이었다.

"저 마법사는 대체 뭐야?"

"그러게. 완전히 처음 보는 랭커 같은데."

"어느 진영이야?"

"깃발 보니 로터스야."

"로터스에 저런 마법사가 있었다고?"

"아니, 복장은 왜 저 모양임."

에메랄드 빛 지팡이에 황금빛 로브. 거기에 새빨간 신발과 벨트, 머리 장식까지.

크리스마스트리에나 어울릴 법한(?) 화려한 색 배합은 모두의 눈길을 끌기에 충분한 것이었다.

"혹시, 관종인가."

"그래도 능력은 있겠지? 로터스 선발인 거 보면?"

"궁금하다. 대체 어떤 랭커일까?"

하지만 관중의 뜨거운 관심에도 불구하고, 의문의 마법사는 그에 대해 별다른 반응을 보이지 않았다.

다만 지팡이를 쥐고 있지 않은 다른 손으로, 타는 듯이 붉은 머리 장식을 한 차례 고쳐 쓸 뿐이었다.

화염의 문양으로 장식된 머리 장식은 남자의 눈과 코까지 가리는 디자인이었기에, 누구도 그의 정체를 알아차릴 수 없었다.

"누군지는 모르겠지만. 확실한 건, 미적 감각은 꽝이라는 거야."

"장비 대충 봐도 전설급 이상 도배인 것 같은데……. 어떻게 저 장비들로 저런 룩이 나오지?"

"염색이라도 발라서 깔 맞춤 좀 하지."

"그러니까."

콜로세움에 직관하러 온 카일란의 팬들은, 궁금한 반, 기대감 반으로 전투가 시작되기를 기다렸다.

전투가 시작되면 출전자들의 머리 위에 시스템 박스가 뜰 테고, 그러면 남자의 정체를 알 수 있을 것이라 생각했으니 말이다.

하지만 그렇게 10분이 지나 전투가 시작됐을 때.

"……?"

"뭐야, 유저 네임 안 뜨잖아?"

콜로세움의 랭커들 머리 위에 뜬 시스템 박스를 확인한 팬들은 허탈한 표정이 되었다.

보통 유저 네임과 레벨 정보, 클래스 등이 떠야 하는 머리 위의 시스템 박스에, 간결한 한 줄의 메시지만 떠 있었으니 말이었다.

-로터스 길드, 정예 검투사

열 명의 전체 라인업은 공개되어 있지만, 출전자의 정보는 전부 비공개가 룰이었던 것이다.

"출전 순서를 전략적으로 운용해야 해서 그런 것 같은데."

"이거 안 알려 주니까 더 궁금해지네, 진짜."

출전 길드들은 보통 선발로 에이스 랭커를 내놓지 않기 때문에, 유저들의 관심은 온통 녹색 마법사(?)에게로 쏠려 있었다.

그렇다고 선발로 나온 랭커들의 실력이 떨어지는 것은 아니었지만.

톱 티어 에이스가 등장한 것이 아닌 이상, 첫 등장이 분명한 뉴페이스가 더 궁금했으니 말이다.

"칫, 그래도 뭐, 싸우는 거 보다 보면 결국 알게 되겠지."

"하긴 클래스랑 주력 마법만 드러나도, 금방 누군지 찾아낼 수 있을 테니까."

하지만 전투가 시작된 뒤, 유저들은 더욱 혼란에 빠질 수밖에 없었다.

"뭐, 뭐야?"

"클래스가 대체 뭐지?"

녹색 마법사가 본격적으로 전투를 시작하자, 그의 정체가 점점 더 미궁으로 빠져 들어갔으니 말이었다.

처음 보는 녹색 마법사의 등장으로, 콜로세움이 혼란에 빠지던 그 시점으로부터 정확히 4시간 전.

이미 그 이상의 혼란을 한 차례 겪은 이들이 있었으니, 그들은 다름 아닌 로터스의 기사단원들이었다.

기사 대전에 코빼기도 보이지 않다가 극적으로 나타난 이안이 모두가 생각지도 못했던 기가 막힌 이야기들을 꺼냈으니 말이었다.

"그러니까 이안, 네가 진짜 선발로 나가겠다고?"

"응. 그렇다니까?"

이안의 출전 순서는 당연히 열 번째 순서로 배정할 생각이었는데, 갑자기 나타나서는 선발을 하겠다고 우기기 시작한 것이다.

그 때문에 원래 선발로 이름을 올려 두고 있던 훈이부터가 강력히 반발하기 시작하였다.

"아, 안 돼. 형. 말도 안 되는 소리!"

"왜 안 되는데?"

"형이 1타로 나가면 다른 사람은 출전도 못 할 거 아냐."

"음?"

"형은 무조건 마지막에 나가야 된다고."

그리고 반발하는 인원은 당연히 훈이뿐만이 아니었다.

평소에 별다른 의견을 내지 않던 레비아부터 시작해서.

"맞아요, 이안 님. 만에 하나의 변수를 제거하기 위해서라도, 이안님이 열 번째로 들어가야 해요."

오랜만에 회의에 참석한 클로반까지.

"물론 열 번째로 들어가면 차례가 오진 않겠지만…… 혹시 모르는 일이니까."

물론 그들이 반발한다 하여, 이안이 자신의 주장을 굽힐 리는 없었지만 말이었다.

"아니, 이 사람들이. 내가 무슨 보험이냐?"

"보험 맞는데."

"선발로 나 안 내보내 주면 출전 안 한다?"

"……!"

"그런!"

선발 보장을 안 해 줄 시 출전을 안 해 버린다는 강력한 협박을 시전한 것이다.

"어차피 나 없어도 다 이기던데, 뭐. 난 다시 퀘스트나 깨러 가야지."

"하아……."

이안의 고집에 고개를 절레절레 흔들며, 이마를 짚고 한숨을 쉬는 헤르스.

마스터인 헤르스로서는 머리가 아플 수밖에 없었다.

다른 랭커가 했다면 공갈에 가까운 협박이었지만, 이안의 입에서 나온 이상 결코 위협용 협박이 아니었으니 말이다.

헤르스가 생각하기에 모든 카일란 유저들 중, 기사 대전에 가장 관심이 없는 인물이 바로 그일 것이었을 테니까.

"후우, 꼭 그래야겠냐."

헤르스는 이마에 주름이 하나 늘어나는 것을 느꼈다.

사실 그가 이안을 마지막으로 빼고 싶은 이유는 다른 랭커들과 조금 달랐다.

그는 어차피 이안이 선발로 들어가든 후발로 들어가든 대기 멤버로 빠지든.

1차 전장인 콜로세움에서는 무조건 승리할 수 있다고 생각했으니 말이다.

정확히는 아무리 죽을 써도 2위 이상은 충분하다고 판단했던 것.

그래서 헤르스는 이안을 한 번 더 숨기고 싶었다.

그가 열 번째 멤버로 들어가면, 높은 확률로 그가 출전하기 전에 콜로세움의 승자들이 결정 날 테니 말이었다.

'운명의 언덕에 들어가기 전까지 진성이의 전력을 숨길 수만 있다면, 우승 확률은 더욱 높아질 거야.'

자신의 기회가 오지 않을까 봐 불안에 떠는 훈이나 레미르 등과 달리.

길드마스터인 헤르스의 생각은 좀 더 깊었던 것이다.

하지만 헤르스의 주름이 늘어나는 것은 여기서 끝이 아니었다.

선발로 나서겠다던 이안이 갑자기 그보다 훨씬 더 충격적인 발언을 꺼내 들었으니 말이다.

"대신 재밌는 조건을 하나 걸어 볼게."

"무슨 조건인데?"

"이번 검투장 전투에선, 소환수 한 마리도 안 쓸 거야."

"에?"

"뭐라고?"

"거기에 심판 검도 안 들고, 지팡이 들고 싸울게."

헤르스뿐만 아니라 다른 길드원들조차도 잘못 들은 것은 아닌지 귀를 의심할 수준.

"……?"

"대체 무슨 자신감이지?"

길드 회의실에는 순간 정적이 흘렀고, 그것은 너무도 당연한 것이었다.

아무리 '이안갓'이라 하더라도, 거의 맨손으로 싸우겠다는 수준의 발언이었으니 말이다.

하지만 그 정적도 잠시.

옆에서 눈을 동그랗게 뜨고 있던 훈이가 씨익 웃으며 고개를 끄덕였다.

"좋아, 그 정도 페널티면 뭐. 난 찬성!"

"뭐?"

"설마, 저 형 없다고, 우리 길드가 검투장에서 미끄러지겠음?"

훈이의 발언에, 또다시 정적이 흐르는 회의실.

그리고 이번에 정적을 깨고 입을 연 것은 그의 맞은편에 앉아 있던 레미르였다.

"하긴, 그것도 그런가?"

이어서 레미르가 맞장구를 쳐 주자, 훈이가 신이 나서 말을 이었다.

“그리고 저 형, 아마 저렇게 말하는 것 보면 지팡이 들고도 꽤 버텨 줄 거임.”

“뭐, 이안이라면 그럴지도 모르지.”

이어서 하나둘 동조하기 시작하자, 회의실의 분위기는 순식간에 바뀌어 버렸다.

길드마스터인 헤르스를 제외하고는 다들 어차피 콜로세움은 패스라고 생각하고 있었으니.

오직 이안이 다 해 먹는(?) 상황만 피하고 싶었던 것이다.

“하, 거의 국가 대항전 수준 게임에서 이게 무슨…….”

헤르스는 머리가 지끈지끈 아파 왔지만, 이미 상황을 돌이킬 수는 없어 보였다.

다들 신이 나서 이안을 선발로 올려 놓고, 나머지 순서를 정하고 있었으니 말이다.

물론 길드마스터의 직권으로 정해 버리면 그만이긴 하지만, 그렇게까지 하고 싶지는 않은 헤르스였다.

‘후, 이러면 방법은 하나뿐인데.’

그 때문에 한 가지 절충안을 찾은 헤르스가, 이안을 향해 다시 입을 열었다.

“그럼 네 말대로 해, 이안.”

“굳. 역시 헤르스.”

“하지만 조건이 하나 있어.”

“조건……?”

“위험한 상황이 나오면, 무조건 스와프 카드를 너한테 쓸 거야.”

“스와프 카드?”

“그래. 오늘 뜬 세부 룰 봤는지 모르겠는데, 경기 진행되는 동안 총 세 장의 스와프 카드를 쓸 수 있거든.”

“아하?”

헤르스가 찾은 절충안은 다른 것이 아니었다.

일단 이안이 본인이 하고 싶은 대로 지팡이를 휘두르다가, 결정적으로 위험한 상황이 오면 다음 출전자로 스와프하는 것이다.

경기 동안 세 번밖에 사용할 수 없는 카드였지만, 그래도 이안이라는 카드를 잃어버리는 것보단 나은 선택이었다.

‘이안의 전력을 숨기는 효과도 있을 테니, 생각보다 괜찮은 방법일지도.’

잠시 뜸을 들인 헤르스가 다시 입을 열었다.

“그리고 스와프돼서 대기실로 들어온 뒤에, 넌 무조건 마지막 순서야.”

“다시 차례가 오면 그땐, 당연히 내 전력 그대로 싸워야겠지?”

“맞아. 그게 내 조건이지.”

헤르스의 이야기를 들은 이안은 망설임 없이 고개를 끄덕였다.

어차피 그가 첫 번째 순서로 나가고 싶었던 것은 부담 없이 정령 마법을 시험해 보고 싶었던 이유 하나였으니 말이다.

애초에 전력을 다해 랭커들을 쓸어 버리고 스포트라이트를 받는 등의 명예욕은 전혀 없었던 이안이었다.

"좋아, 헤르스. 그럼 그렇게 하자고."

"콜!"

"하지만 한 가지 기억해야 해."

"뭘?"

"내가 스와프를 받아들이는 건, '정말로' 위험할 때뿐일 거야."

이안의 이야기에 헤르스는 고개를 주억거렸다.

어차피 이안이 말한 마지막 이야기는 너무도 당연한 것이었으니 말이다.

스와프 카드가 무한정 있는 것은 아니었으니, 위험하기 직전까지는 최대한 전장에서 활약하는 것이 당연했으니까.

"자, 이안이 순서는 정했으니, 이제 나머지 빨리 정해 보자고."

"그래."

"좋아요."

"어차피 상황 봐서 조금씩 순서 바꿀 수도 있겠지만, 일단 싹 다 정해 놔야 혼란이 적을 거야."

하지만 이때만 해도 길드원들은 알 수 없는 사실이 하나 있었으니.

'흠, 내가 정령 마법으로 몇 명이나 잡을 수 있을까?'

그것은 바로, 지금 그들이 짜기 시작한 전략들이, 모두 의미 없게 될 것이라는 사실이었다.

카일란에는 '강함'을 표현하는 지표가 무척이나 다양하다.

하지만 대부분의 게임이 그렇듯, 그 모든 지표 중 가장 직관적이고 확실한 것은 '레벨'이었다.

레벨에 따라 전반적인 전투 스텟이 달라지고, 또 레벨에 따라 착용할 수 있는 장비의 티어가 달라지니.

그것이 가장 절대적인 지표일 수밖에 없는 것이다.

또 그런 의미에서, 이안과 계약한 대지의 정령왕 '트로웰'이라는 존재는 사실 밸런스 붕괴나 다름없다고 할 수 있었다.

200이라는 초월 레벨은 현 시점 중간계의 유저들의 입장에서 '언터쳐블'이나 다름없었으니 말이다.

그리고 카일란의 기획자들은 당연히 바보가 아니다.

그 때문에 한시적일지라도, 이런 위험한(?) 보상을 쥐여 줄 때에는 확실한 안전장치를 걸어 놓는 편이었다.

-대지의 정령왕 '트로웰'을 소환하는 데에 실패하였습니다.

—특정 조건이 충족될 때에만 소환할 수 있는 정령입니다.

대지의 정령왕 트로웰의 경우, 그와 관련된 메인 퀘스트를 진행할 때에만 소환할 수 있도록 해 두었던 것이다.

'아쉽긴 하지만…… 어쩌면 당연한 부분인가.'

떠오르는 메시지를 확인한 이안은 전투를 준비하며 쩝 하고 입맛을 다셨다.

이미 트로웰을 소환할 수 없다는 사실을 인지하고 있었지만, 혹시나 해서 다시 한번 소환을 발동시켜 본 것.

트로웰만 꺼낼 수 있다면, 정령 마법만으로도 충분히 모든 랭커들을 박살 내 버릴 수 있을 테니 말이다.

'뭐, 어차피 고대의 정령 마법들을 시험해 보는 게 목적이니까…… 너무 아쉬워할 필요 없겠지.'

미리 준비해 둔 정령 마법들을 차례로 떠올린 이안은 저도 모르게 기분 좋은 표정이 되었다.

정령왕이 없더라도 그에겐 강력한 최상급 정령들이 있었고, 정령 마법 융합술을 통해 생각보다 더 훌륭한(?) 결과를 얻어 두었으니 말이었다.

'역시 인생은 도박이지.'

한차례 히죽 웃어 보인 이안은 시선을 올려 시야 구석의 타이머를 확인하였다.

-경기 시작까지 남은 시간 - 00 : 01 : 27

그리고 째깍째깍 줄어드는 전투 대기시간을 지켜보며, 이안은 점점 몸이 근질거리기 시작하였다.

'일단 눈앞에 보이는 친구들 정도는 싹 다 잡고 시작해야겠지.'

긴장 상태로 서로를 탐색하는 다른 랭커들을 보며, 이안 또한 슬슬 전투준비를 시작하였다.

기사 대전의 리그전에서 로터스가 속한 A조의 구성은 카일란 팬들의 입장에서 무척이나 흥미로운 구성이었다.

독보적인 전력을 가진 로터스도 로터스였지만, 그에 비벼볼 법한 최강 길드가 두 곳이나 더 포함되어 있었으니 말이었다.

그 두 곳은 바로 천웅 길드와 발러 길드.

중국 서버의 독보적인 마족 진영 1위 천웅과, 미국 서버의 인간 진영 1위 길드인 발러 길드는, 로터스와 비교해도 크게 꿀리지 않는 스펙을 가지고 있었기 때문이었다.

-A조 2팀은 어디 어디가 올라갈까?

-일단 로터스는 거의 확정이겠고, 보나마나 천웅 길드가 같이 가겠지.

-윗님, 발러 너무 무시하는 거 아님? 난 솔직히 발러가 천웅보다 위라고 생각하는데.

물론 사람마다 견해 차이는 다양했다.

발러보다는 대체로 천웅 길드를 높게 평가하는 것이 보통이었고, 유저에 따라 두 길드와 로터스의 차이를 다른 급으로 생각하는 이들도 있는 반면, 근소한 차이로 생각하는 이들도 있었으니 말이었다.

여기에 중국 서버의 인간 진영 1위 길드인 '스콜피온' 길드 또한, 충분히 눈여겨볼 만큼 뛰어난 전력의 길드.

-어쩌면 이번으로, 스콜피온이 갈 수도 있지 않을까요? 스콜피온이 길드 규모만 놓고 보면, 천웅보다 크다는 이야기도 있던데.

-하지만 스콜피온이 올라가기엔, S급 랭커가 너무 부족하죠. 물량싸움이면 몰라도 결국 10인 대전인데. 스콜피온 자원으로는 어림도 없어요.

A조에서 구멍이랄 만한 길드는 '호왕'뿐이었으니, 유저들의 의견이 분분할 수밖에 없는 구도라 할 수 있었다.

-님들, 근데 로터스가 떨어질 가능성은 아예 생각도 안 하는 거임?

—이안이 라인업에 들어갔는데, 로터스가 미끄러진다고?

—뭐 다굴당해서 살짝 삐끗한다 해도…… 로터스가 2위 밑으로 떨어지는 그림은 상상이 잘 안 되는데요?

—하긴…….

—아니, 근데 왜 호왕 길드는 아무도 언급 안 함?

—ㅋㅋㅋ국뽕도 정도가 있는 거임.

—…….

—림롱 말곤 1티어 랭커가 거의 없다시피 하는데, 호왕이 어떻게 올라갑니까.

—맞는 말이네요.

—마틴이나 진 같은 랭커들은 1티어로 안 쳐주나 보죠?

—뭐, 국내 기준으론 아직도 1티어지만, 글로벌 1티어라기엔 많이 부족하죠.

—하긴…….

그리고 유저들의 의견이 이렇게 분분한 만큼, 실제로 리그에 참가해 있는 길드들 또한 무척이나 머리가 아픈 상태였다.

어떻게든 다섯 팀 중에 두 번째에 랭크되어야, 다음 전장인 '운명의 언덕'으로 갈 수 있었으니 말이었다.

만약 단일 길드끼리의 싸움으로 결정되는 승패 누적식 리그였더라면, 오히려 고민이 덜 되었을지도 모른다.

그저 만나는 길드의 선발 랭커들에 대한 분석만 철저히 해서, 어떻게든 최대한 많은 승리를 따내기만 하면 되는 일이었으니 말이다.

하지만 문제는 콜로세움의 전투 방식이 자유 대전Free for all 방식이라는 점.

어떤 식으로 전략을 구성하고 세 장의 태그 티켓을 사용하느냐에 따라.

절대적으로 부족한 스펙을 가지고, 승리할 수 있는 가능성이 충분히 있는 구조였으니 말이다.

무대포로 전투를 벌이기보다는 다른 길드들 간의 전투를 먼저 유도한 뒤.

킬 포인트를 낼름 낼름 주워 먹으며, 득실에서 이득을 보는 것이 최고의 전략인 것이다.

그리고 이러한 이유 때문에, 지금 A조에 참전한 모든 길드들 중에서 가장 머리가 아픈 길드는 호왕 길드라고 할 수 있었다.

누가 보아도 확실한 최약체인 호왕 길드로서는, 전략적인 승리 말고는 가망이 보이지 않았으니 말이었다.

그래서 마틴과 림롱은 전장에 임하기 전 두 가지 전략을 세웠다.

첫째, 당장 킬 포인트를 하나 올리는 것보다, 살아남는 게 훨씬 더 중요하다는 것.

둘째, 다른 길드들과 다르게 전력을 역배치해야 한다는 것.

사실 첫 번째 전략은 호왕 길드만의 전략이라 할 수 없었지만, 두 번째 전략은 그들의 핵심 전략이라 할 수 있었다.

다른 길드들이 일반적으로 에이스들을 뒤에 배치하여 안정적인 운영을 꾀할 테니.

그들은 역으로 선발에 전력을 집중시켜, 이득을 취해 보려는 것이다.

림롱이나 마틴과 같은 최고 에이스들이 먼저 나서서 최대한 킬 포인트를 따 둔 뒤, 후발 라인업은 아예 킬 욕심을 버리고 버티기로 일관하려는 전략인 것.

그래서 호왕 길드의 첫 번째 랭커는 바로 마틴이었다.

그리고 마틴의 목표는 다섯 길드의 선발 출전자들 중, 가장 만만한 타깃을 잡아 확실한 1킬을 올리는 것이었다.

'누굴 타깃팅해야 하나…….'

검투장을 둘러보며, 다섯 명의 면면을 면밀하게 살피는 마틴.

물론 사전 탐색만으로 타깃을 곧바로 정할 생각은 아니었다.

참전자의 절대적인 전투력과 별개로 전황에 따른 선택이 필요했으니 말이다.

다섯 중 가장 강한 랭커라 하더라도, 틈이 보이면 여지없이 물어뜯어야 하는 것.

'천웅 길드의 꼬마는 라위첸인 것 같고, 발러 길드의 마법사는 아세르. 스콜피온 길드의 출전자는 따까리 하원인 것 같은데…….'

각 길드의 전력에 대해 충분히 분석한 마틴은, 대충 복색을 훑어보는 것만으로도 출전자들의 정체를 파악할 수 있었다.

다만 그들 중 단 한 명.

로터스의 선발로 나온, 의문의 출전자를 제외하고 말이다.

로터스의 출전자를 응시하던 마틴은 점점 더 머릿속이 혼란해지는 것을 느꼈다.

'저놈은 대체 뭐지?'

기사 대전에 참전할 만한 랭커들 중 자신이 모르는 유저가 있다는 것도 충격적인데.

심지어 로터스는 마틴과 같은 한국 서버의 길드였기 때문에 그 충격이 더욱 커질 수밖에 없는 것.

'설마, 이번에 해외 서버의 랭커를 따로 영입이라도 한 건가? 한국 서버 랭커 중엔 저런 녀석이 있을 수가 없는데.'

마틴은 전투가 시작될 때까지 고민에 고민을 거듭하였다.

마법사의 정체를 알 수 없으니, 전략을 섣불리 세울 수 없었던 것이다.

'버리는 카드일까? 아니면 숨겨 둔 에이스?'

그리고 마틴이 고민하는 사이, 경기 시작 시간은 금세 다가왔다.

—잠시 후, A조의 리그전이 시작됩니다.

—20초 후에 경기를 시작합니다.

—19초 후에 경기를 시작합니다.

……중략……

—5초 후에 경기를 시작합니다.

—4초 후에 경기를 시작합니다.

……후략…….

스르릉—!

마른침을 꿀꺽 삼킨 마틴은 침착하게 무기를 뽑아 들었다.

호왕 길드의 전력상 선발 출전인 그의 역할이 무척이나 중요했기 때문에, 최대한 신중하게 움직일 생각이었다.

'어떻게든 저 마법사 놈의 능력을 파악해야 해. 다른 놈이 먼저 공격해 주길 기다려야겠어.'

눈앞에서 줄어드는 초시계를 보며 단단하게 수비 태세를 취하는 마틴.

그리고 경기가 시작된 순간.

—지금부터, A조의 경기를 시작합니다.

띠리링—!

"와아아!"

"로터스, 이겨라!"

"아세르! 전부 다 쓸어 버려!"

시스템 메시지와 함께 어마어마한 함성이 사방에서 터져 나왔지만, 경기장 안에는 별다른 변화가 일어나지 않았다.

전투 시스템의 구조상 선공이 무조건 유리한 싸움이 아니었으니.

마틴이 그러하듯 나머지 출전자들도 신경전을 벌이기 시작한 것이다.

물론 그렇다고 해서 맥이 빠지거나 하는 분위기는 아니었다.

경기장 밖의 유저들도 충분히 이 전장의 메커니즘에 대해 이해하고 있었기 때문에, 그 긴장감에 동화되어 갔으니 말이다.

"크, 누가 선방 때릴까?"

"이런 싸움에서 아무래도 마법사는 불리할 텐데……."

어느덧 콜로세움을 가득 채우던 함성이 잦아들고, 그 대신 경기장을 가득 채우는 전투의 긴장감.

하지만 그 긴장감은 그리 오래 가지 않았다.

"다들 뭐 하는 거야?"

"……?"

다섯 출전자들 중 유일하게, 그 정체가 베일에 가려진 로터스의 마법사.

"여기, 싸우러 온 거 아니었어?"

그의 또랑또랑한 목소리가 울려 퍼짐과 동시에, 콜로세움에 흐르던 고요함이 깨져 버렸으니 말이었다.

"이러면 재미없는데."

휘익-!

긴장한 나머지 참가자들과 달리, 마치 옆집 마실이라도 나온 듯 툴툴거리며 휘적거리는 남자.

우우웅-!

남자의 지팡이가 휘둘러진 순간, 관중석은 다시 끓어 오르기 시작하였다.

"저, 정령이다!"

"최상급이야!"

모든 관중이 궁금해하던 마법사의 정체가 지금껏 단 한 번도 공식적인 경기에 등장한 적 없는 '정령 마법사'라는 사실이 밝혀졌으니 말이었다.

"오! 정령 마법사라니!"

"최상급 정령을 둘이나 소환했어!"

뜨겁게 끓어오르기 시작한 기대감으로 인해 순식간에 분위기가 반전된 콜로세움의 경기장.

"대박!"

"이걸 내가 직관하다니!"

"역시 로터스!"

하지만 그 뜨거운 분위기는 고작 시작에 불과하였다.

"……!"

"어어……?"

다른 출전자들이 당황한 사이, 남자의 지팡이에서 거대한 냉기가 뿜어 나오기 시작했으니 말이었다.

"마이티 프로즌Mighty Frozen……."

콰아아아―!

물론 랭커들은 순간적으로 반응하였지만, 워낙 생각지도 못했던 상황이었기에 제대로 된 움직임을 보일 수 없었고.

남자의 지팡이에서 퍼져 나온 한기는 그런 랭커들의 발을 천천히 옭아매었다.

"선빵필승. 이건 기본 아닌가 친구들?"

이어서 남자의 지팡이에서, 수십 발의 빛줄기가 사방으로 쏟아지기 시작하였다.

남자가 휘두른 지팡이 주변으로 거대한 폭풍이 휘몰아치기 시작한다.

후우우웅―!

그리고 그 휘몰아치는 폭풍의 바람결을 타고, 새하얀 빛줄기들이 전장을 가르기 시작하였다.

“크헉……!”

“이게 무슨……!”

그를 제외한 나머지 랭커들은 황급히 정령 마법에 대응하기 시작하였다.

그나마 다행인 것은 빛줄기들이 퍼지는 속도가 그렇게까지 빠르진 않다는 점이었다.

물론 이미 ‘마이티 프로즌’으로 인해 발이 묶이기 시작한 상황에서 피하는 것은 불가능했다.

다만 저항 포션이나 고유 능력을 사용하여 ‘행동 불능’만큼은 해제한 뒤, 수비 계열의 고유 능력을 발동시켜, 피해를 최소화시킬 수 있을 따름이었다.

만약 행동 불능을 해제할 수단조차 없다면, 속수무책으로 당할 수밖에 없고 말이다.

쿠콰콰쾅-!

거대한 폭음과 함께 점점 다가오는 빛줄기들을 보며 마틴은 아랫입술을 질끈 깨물었다.

어떤 마법사를 만날지 모르는 전장이었기에, 해동 포션을 챙겨 온 것이 그나마 다행이었다.

띠링-!

-‘해동 포션’ 아이템을 사용하였습니다.

-‘빙결’ 상태가 해제됩니다.

―'행동 불능' 상태가 해제되었습니다.

―'둔화' 효과가 천천히 감소합니다.

'무슨 광역 마법이, 캐스팅 시간이 이렇게 짧아?'

지금껏 수년 동안 최상위 랭커로서 카일란을 플레이해 온 마틴이지만 그조차도 정령 마법사는 오늘 처음 보았다.

물론 '정령 마법을 쓰는 마법사' 자체를 완전히 처음 봤다는 이야기가 아니다.

다만 랭커들과 어깨를 견줄 정도의 진짜배기 정령 마법사가 처음이라는 말이었다.

게다가 녀석은 무슨 깡인지, 눈치 하나 보지 않고 곧바로 선방을 날려 버렸다.

심지어 자신을 제외한 나머지 네 명의 랭커 전부를 향해 말이다.

개인 대전의 특성상, 오만하다 못해 미친 짓에 가까운 선택을 한 것.

이 모든 상황은 누구도 예상치 못했던 의외성 덩어리였고.

조금 구차하게 변명하자면, 그것이 '마이티 프로즌'을 아무도 피하지 못했던 이유라고 할 수 있었다.

'젠장……!'

빠르게 쌍검을 뽑아 든 마틴이 현란하게 검을 휘두르기 시작한다.

그러자 그의 주변으로, 얇고 투명한 검막이 형성되기 시작하였다.

스르르릉-!

어지간한 손재간이 아니고서는 발동시키기조차 어렵다는 검막.

"오오……!"

"검막이다!"

"역시, 마틴!"

그리고 그의 검막을 향해, 하얀 빛줄기들이 쏟아지기 시작하였다.

-'로터스의 정예 검투사'의 정령 마법, '프로즌 블래스트'가 발동합니다.

-고유 능력, '검막'을 발동하였습니다.

-검막에 닿는 모든 물리, 마법 피해를 70~99%만큼 무효화합니다.

검막은 모든 투사체 방식의 공격을 가장 높은 효율로 방어해 낼 수 있는 검사들의 최상급 수비 능력이었다.

스킬 궤적을 따라 깔끔하게 검을 움직여야만 발동되는 고유 능력이었기에, 발동 난이도는 상당한 수준이었지만.

그 궤적을 정확히 투사체에 맞춰 내기만 하면, 방패 막기 이상의 방어 효율을 보여 주는 고유 능력이었으니 말이다.

투사체의 개수가 수없이 많음에도 불구하고 이렇게 탄 속이 느린 공격이라면, 이 검막을 활용하기 가장 좋은 상황이라고 마틴은 판단하였고.

팅- 티팅-!

그의 판단은 확실히 맞아떨어졌다.

-'검막'으로 투사체를 방어하였습니다!

-해당 공격의 위력을 82%만큼 흡수합니다.

-생명력이 2,870만큼 감소합니다.

-'검막'으로 투사체를 방어하였습니다!

-해당 공격의 위력을 91.5%만큼 흡수합니다.

……중략……

회오리치듯 쇄도하는 얼음 조각들을 연속해서 쳐 내며, 마틴의 입꼬리가 슬쩍 말려 올라갔다.

'좋았어!'

시전자로부터 멀어질수록 얼음 조각들의 탄속이 더 느려진 탓에, 생각보다 더 쉽게 투사체들을 쳐 낼 수 있었으니 말이다.

물론 지속적으로 조금씩 피해를 입긴 하지만, 이 정도는 생명력 게이지에 기스 정도 나는 수준.

거기에 해동 포션의 효과로 이제 둔화까지 거의 다 풀렸으니, 잔뜩 긴장했던 마틴의 표정은 슬슬 풀어지는 중이었다.

'이거 이렇게 되면, 오히려 저 마법사한테 고마워해야 하는 건가?'

마틴은 날아드는 투사체들에 더욱 집중하며, 계속해서 마법을 채널링 중인 남자를 슬쩍 응시하였다.

이어서 그의 입에 걸린 미소가, 점점 더 짙어졌다.

그의 화려한 투사체 마법 덕분에 마틴의 검막이 스포트라이트를 받고 있었으니.

어쩌면 오늘, 매드 무비를 한번 찍을 수도 있을 것이라 생각된 것이다.

인지도에 무척이나 집착하는 마틴에게는 전투에서의 승리만큼이나 중요한 요소.

하지만 잠시 후, 오랜만에 풀가동 중이던 그의 행복 회로는 순식간에 망가질 수밖에 없었다.

—치명적인 피해를 입었습니다!

—생명력이 103,982만큼 감소합니다.

날아들던 십수 발의 얼음 파편을 쳐 내던 와중에 실수로 두 발 정도를 허용하고 말았고.

—냉기 저항력이 5%만큼 감소합니다.

–마법 방어력이 3%만큼 감소합니다.

–움직임이 7%만큼 둔화됩니다.

–치명적인 피해를 입었습니다!

–생명력이 124,541만큼 감소합니다.

–냉기 저항력이…….

……후략…….

그것을 시작으로, 검막의 운용이 꼬이기 시작한 것이다.

"커, 커헉!"

최대한 검을 빠르게 움직여야 완벽한 방어가 가능한 상황에서, 움직임이 조금씩 둔화되기 시작하니.

한번 틈을 비집고 얼음 파편이 유입되기 시작하자, 걷잡을 수 없는 상황이 되어 버린 것이다.

–치명적인 피해를 입었습니다!

–생명력이 173,124만큼 감소합니다.

–치명적인 피해를 입었습니다!

–생명력이 252,240만큼 감소합니다.

게다가 저항력과 마법 방어력까지 야금야금 깎아 버리니, 템 세팅으로 수백만 단위까지 맞춰 놓은 마틴의 생명력 게이지는 살살 녹아내리기 시작하였다.

'제, 젠장! 이 미친 마법은 지속 시간이 왜 이렇게 길어!'

그 때문에 줄어드는 생명력을 보며, 마법이 끝나기만을 간절히 기도하기 시작한 마틴.

"흐으읍!"

다행인 것은 마틴의 생명력이 30% 정도 남았을 시점에, 남자의 빙결 마법이 끝났다는 점이었다.

누군가의 반격에 의해서 말이다.

펑-!

커다란 폭발음과 함께, 언제 그랬냐는 듯 스르륵 하고 사라진 얼음 폭풍.

콰콰쾅-!

그리고 그 폭음과 함께, 관중의 열기는 더욱 뜨겁게 타오르기 시작하였다.

아무렇지 않은 듯 마법을 발동시켰지만, 이 배경에는 사실 이안의 치밀한 설계가 깔려 있었다.

검투장의 전장 특성을 십분 활용한, 이안의 전략이었던 것이다.

'역시, 생각대로야.'

모두가 적인 개인 대전의 특성상, 전투 시작 직후 탐색전이 있을 수밖에 없을 것이라 확신하였고, 그 시간을 활용하여 '마이티 프로즌' 마법을 빠르게 캐스팅할 수 있었던 것이다.

몇 초 지난 시점에 대사를 치며 시선을 끌어모은 것까지도, 눈속임을 위한 것이었다.

그리고 다들 잔뜩 긴장한 첫 라운드에서 이안의 잔기술(?)을 눈치채지 못한 것일 뿐이고 말이다.

'이 정도면 아주 깔끔했어.'

물론 이로 인해 나머지 네 검투사들에게 집중적으로 포커싱당하겠지만, 그런 정도의 리스크는 당연히 염두해 두고 있었다.

어차피 이 한 번의 공격으로, 한두 개 이상의 킬 포인트는 따고 시작할 것임을 확신했으니 말이다.

'마이티 프로즌에 프로즌 블래스트의 시너지라면…… 어쩌면 전멸시킬지도 모르지.'

이안이 최초로 얻었던 정령 마법인 '마이티 프로즌'과, 삼단 융합으로 만들어 낸 마법인 '프로즌 블래스트'.

이안이 믿었던 두 마법의 시너지는 다음과 같았다.

마이티 프로즌 Mighty Frozen

분류 : 고대의 정령 마법

……중략……

시전자 주변으로, 반경 50M 이내의 모든 적들을 얼려 버립니다.

……중략……

'빙결' 상태가 된 대상은 10초 동안 '행동 불능'에 빠지며, 물리 방어력이 500%만큼 증가하고 마법 방어력이 50%만큼 감소합니다. 또 '빙결', 혹은 '둔화' 상태일 때는 모든 저항력이 절반으로 감소합니다.

프로즌 블래스트Frozen Blast

분류 : 고대의 정령 마법
……중략……
시전자를 중심으로 강력한 냉기의 바람과 수없이 많은 얼음의 빛줄기를 방출합니다. 방출된 빛줄기는 냉기의 바람을 타고 나선형으로 퍼져 나가며…….
……중략……
'둔화' 상태인 대상에게 얼음 조각이 적중될 시, 대상의 저항력과 방어력을 소폭 감소시킵니다.

일단 한 번 냉기의 소용돌이 안에 발을 들여 놓기만 하면, 그 지옥 속으로 그대로 빨려 들어갈 수밖에 없는 구조였던 것.

프로즌 블래스트의 지속 시간은 1분 정도였고, 그 정도면 탱커가 아닌 이상 버텨 낼 수 없을 것이라고, 이안은 확신하였다.

'누군가 내 캐스팅을 끊을 수 있다면 얘기가 조금 다르겠지만…….'

콰아아아―!

상황은 이안이 예상했던 대로 흘러갔다.

얼음의 폭풍이 이어지는 동안, 순식간에 두 개의 킬 포인트를 획득한 것이다.

–‘천웅’ 길드의 ‘정예 검투사’에게 치명적인 피해를 입혔습니다!

–‘천웅’ 길드 ‘정예 검투사’의 생명력이 전부 소진되었습니다.

–‘로터스’ 길드의 ‘정예 검투사’가 킬 포인트를 1 Point 획득하였습니다.

–‘스콜피온’ 길드 ‘정예 검투사’의 생명력이 전부 소진되었습니다.

–‘로터스’ 길드의 ‘정예 검투사’가 킬 포인트를 1 Point 획득하였습니다.

로터스를 제외하면 A조의 최강이라 평가받던 천웅 길드의 선발 랭커와 함께, 스콜피온 길드의 선발 랭커가 동시에 아웃되어 버린 것.

그리고 두 개의 킬 포인트를 확인한 이안은 히죽 웃을 수밖에 없었다.

이제부턴 어떤 미친 짓을 한다 해도, 길드원들로부터 까일 일은 없을 것 같았으니 말이었다.

‘일단 교체 티켓 하나 값은 이미 한 것 같고…….’

이어서 이안은 아직까지 얼음 폭풍 속에서 버티고 있는 두 랭커들을 향해 시선을 돌렸다.

아웃된 두 길드에서 다음 선발을 내보내기 전까지, 어떻게든 나머지 둘 다 처리하고 싶었으니 말이었다.

‘오호, 저기 버티고 있는 놈은 발러 길드인가? 누군지는 모르겠지만, 역시 기사 클래스로군…… 가만, 재는 마틴이잖

아?'

하지만 다음 순간.

이어진 이안의 계획은 수포로 돌아갈 수밖에 없었다.

"……?"

생각지도 못 했던 방향에서, 커다란 화염의 구체가 쏘아져 왔기 때문이었다.

화르륵-!

천웅 길드에서 첫 번째 선발이 아웃되자마자, 단 1초의 대기시간도 없이 곧바로 두 번째 선발을 투입한 것이었다.

그리고 그 생각지 못했던 상황에, 이안은 어쩔 수 없이 캐스팅을 중지할 수밖에 없었다.

대충 봐도 그것은 강력한 화염 마법이었고, 일단 방어해 내는 것이 먼저였으니 말이다.

"리플렉션 실드Reflection Shield."

퍼펑-!

'태고의 땅'이 가진 마지막 고유 능력인 리플렉션 실드를 발동하여, 기습 공격을 깔끔하게 막아 낸 이안.

심지어 이안은 화염의 구체를 막아 내는 것으로도 모자라, 그것을 정확한 위치로 튕겨 보내었다.

전장에 얼어 있던 발러 길드의 기사를 향해, 정확하게 쏘아 보낸 것이다.

쾅-!

—'발러' 길드 '정예 검투사'의 생명력이 전부 소진되었습니다.

—'로터스' 길드의 '정예 검투사'가 킬 포인트를 1 Point 획득하였습니다.

당한 사람으로서는 기가 막힐 노릇이지만, 마지막까지 집중력을 잃지 않으며, 킬 포인트를 악착같이 하나 더 따낸 것이다.

'밥상 다 차려 놓고 뺏길 순 없지.'

—조건이 충족되었습니다.

—튕겨 낸 투사체를 적에게 적중하여, '리플렉션 실드'의 재사용 대기시간이 회복되었습니다.

아쉽게(?) 마틴까지 잡지는 못했지만, 나름대로 흡족한 표정이 된 이안.

'저놈이야 언제든 잡으면 그만이니까.'

그런 그의 시선이 이번에는 새로 등장한 두 랭커들을 향했다.

이어서 이안의 얼굴에 재밌다는 표정이 떠올랐다.

"오호."

대충 봐도 새로 등장한 천웅 길드와 스콜피온 길드의 선발 랭커들이, 자신을 저격했음을 알 수 있었으니 말이다.

"크흐흐……."

그들을 확인한 뒤, 마치 훈이가 빙의한 듯이 요상한 웃음을 터뜨리는 이안.

'바보들…….'

이안이 웃은 이유는 다른 것이 아니었다.

'내가 얼음 계열 마법사인 줄 알았나 보네.'

그를 저격한답시고 새로 등장한 두 랭커가, 다름 아닌 화염법사였기 때문이었다.

빙한 계열 마법사로 추측되는 이안을 카운터 치기 위하여, 극상성의 마법사를 출전시킨 것.

"쯧."

그런 마법사들을 보며, 이안은 고민할 것도 없이 새로운 마법을 캐스팅하기 시작하였다.

그리고 그런 그의 앞에는 어느새, 폭풍의 정령 '블래스터'가 나타나 있었다.

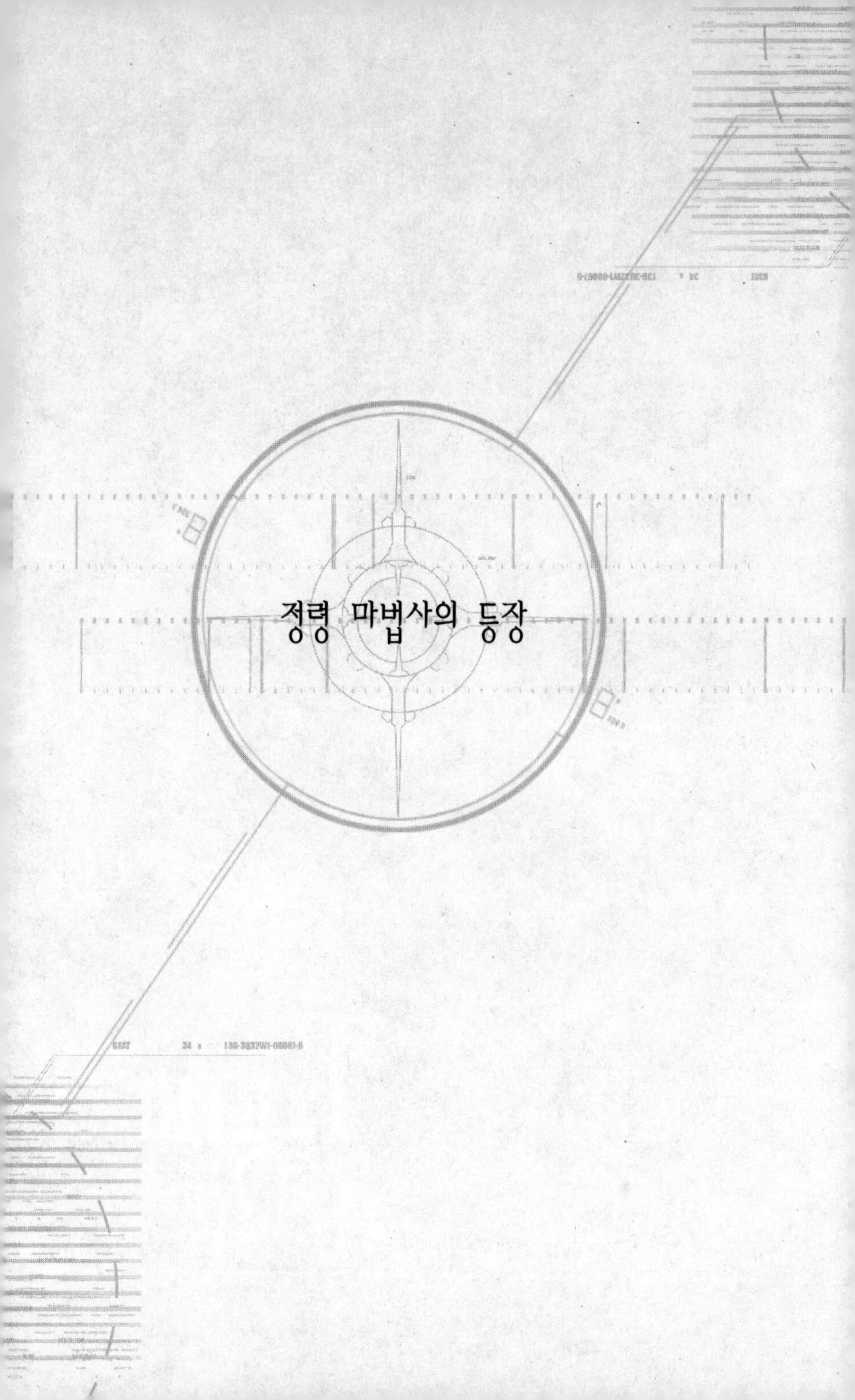

정령 마법사의 등장

Taming
Master

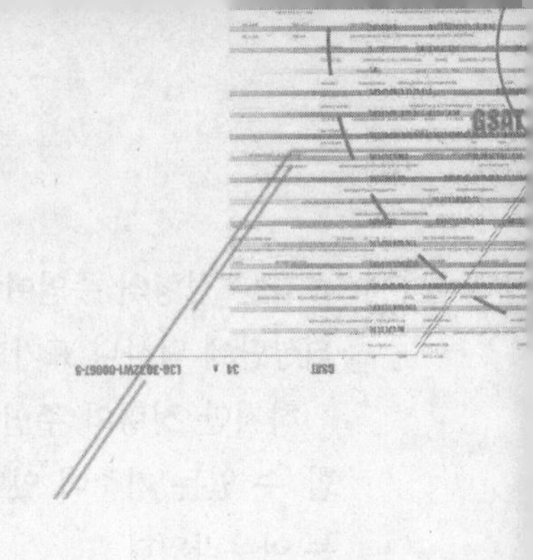

일반적인 소환수, 몬스터, NPC 등과 다르게, 정령에게는 레벨이 존재하지 않는다.

물론 트로웰이라는 특수한 존재가 있긴 하였지만, 그러한 특수 케이스를 제외하고는 모두 그렇다는 이야기다.

그 때문에 정령의 강함을 판별할 수 있는 기준은 오로지 '등급'이었다.

최하급부터 중급, 최상급, 정령왕까지.

정령의 등급은 정령의 전투력을 나타냄에 있어, 절대적인 지표라고 할 수 있는 것이다.

그렇다면 정령의 그 등급.

그것은 어떻게 알 수 있을까?

물론 정령의 주인이야, 해당 정령의 정보 창을 열어 보면 최상단에 떡하니 표기되어 있다.

하지만 정령의 주인이 아닌 제3자도 정령의 등급을 판별할 수 있는 기준이 있었으니, 그것은 정령의 주변에 떠오르는 아우라였다.

정령이 가진 전투력과 지금까지 누적된 정령력.

이 수치들에 따라 정령의 주변에 피어오르는 아우라의 색상이 달라지고, 그 색상은 거의 등급에 따라 평균적으로 정해지니.

관중이 이안의 정령을 보자마자 등급을 알아차린 것은 결코 어려운 일이 아니었다.

블래스터와 마그번의 주변에서 피어오르는 은은한 붉은 빛깔의 아우라는 최상급 정령을 상징하는 그것이었으니 말이다.

정령의 등급별 아우라의 색상은 다음과 같았다.

최하급 : 그레이Gray

하급 : 그린Green

중급 : 블루Blue

상급 : 퍼플Purple

최상급 : 레드Red

정령왕 : 골드Gold

“와 씨, 진짜 최상급 정령 쓰는 정령술사가 존재하긴 했구나.”

“대박이다. 상급 정령도 본 적이 없는데, 난.”

“상급까지는 랭커들 사냥 영상 보면 가끔 있더라고.”

“아, 진짜?”

“물론 상급 정령을 쓰는 랭커가 있는 건 아냐.”

“그럼?”

“정령계 상위 사냥터에, 몹으로 등장하더라고.”

“아하…….”

하지만 여기서 재밌는 것은 유저들의 이 판단에 약간의(?) 오해가 있다는 점이었다.

붉은 아우라를 뿜어내는 이안의 정령, 블래스터와 마그번은 사실 최상급 정령이 아닌 상급 정령이었으니 말이다.

다만 이미 두 정령 모두 정령력이 맥스에 가깝게 누적된, 최상급 직전의 정령이라는 점과, 평범한 정령들보다 등급 대비 전투력이 강한 '고대의' 정령이라는 점.

이 두 가지 이유 때문에 아직 상급 정령임에도 불구하고, 최상급 정령이 가질 수 있는 붉은 아우라를 가지고 있었던 것이다.

물론 관중이 어떻게 생각하든, 이안은 별로 신경조차 쓰고 있지 않았지만 말이었다.

'이거 의도한 건 아니지만…… 아주 재밌게 흘러가는데?'

시뻘건 화염을 뿜어내며 콜로세움에 나타난 두 명의 새로운 화염법사들.

그들은 마치 약속이라도 한 듯 이안을 합공하기 시작하였지만, 이안은 여유로울 뿐이었다.

어쩌면 지금 이안의 세팅으로 가장 상대하기 쉬운 상대가 바로, 화염법사일지도 모르기 때문이었다.

'만약 용암 세트의 옵션을 본다면, 싸워 보지도 않고 교체 티켓을 써 버릴지도…….'

이안이 용암 세트를 착용하고 입장한 이유는 간단했다.

그가 가진 모든 장비들 중, 마법사에게 어울릴 만한 옵션이 가장 많이 붙어 있는 방어구가 용암 세트였기 때문이었다.

심지어 모든 피스가 전설 등급 이상인 초월 장비였으니.

사실상 다른 선택지가 없었던 것.

마그번과의 시너지까지 생각한다면, 용암 세트를 착용하지 않을 이유가 없었던 것이다.

'어디 보자, 지금 내가 총 네 부위를 용암으로 둘렀으니까.'

용암지대의 세트 옵션을 떠올린 이안은 머릿속으로 빠르게 계산기를 두들기기 시작하였다.

'용암지대' 세트 효과

두 파츠 이상의 세트 아이템을 동시에 착용할 때마다, 강력한 옵션이 추가됩니다.

-**2세트 효과 :** 모든 '용암지대' 장비의 성능+10% (부가 옵션에는 적용되지 않습니다.)
-**3세트 효과 :** 모든 화염 속성 공격의 위력이 20%만큼 추가로 상승합니다. 모든 화염 속성 피해를 20%만큼 추가로 무효화합니다.
-**4세트 효과 :** 모든 화염 속성 공격의 위력이 30%만큼 추가로 상승합니다. 모든 화염 속성 피해를 30%만큼 추가로 무효화합니다.
-**5세트 효과 :** 화염 저항 능력치가 50%만큼 증가합니다. 모든 화염 속성 공격의 치명타 피해량이 50%만큼 증가합니다.

그리고 계산을 마친 이안의 얼굴은 더욱 싱글벙글 행복해져 있었다.

'일단 화염 피해 감소 50%에, 부옵으로 챙긴 저항력까지 생각하면…….'

대충 어림짐작으로 생각해 봐도, 저 어쭙잖은(?) 화염법사들이 자신에게 피해를 입힐 방법은 전무한 수준이었으니 말이다.

물론 이안의 방어구 상태를 알았다면 저항 관통 세팅이라도 했겠지만, 그래 봐야 달라질 것은 별로 없었다.

'저들이 레미르 누나 수준이면 또 모르겠지만 말이야.'

순식간에 판단을 마친 이안은 블래스터와 함께 전방으로 튀어 나갔다.

파팟-!

그리고 그 모습을 확인한 화염법사들은 움찔할 수밖에 없었다.

'뭐, 뭐야? 어쩌자는 거지?'

'뭐 저런 놈이 다 있어?'

외관상으로는 영락없는 마법사의 비주얼을 가진 이안이 근접전을 유도하는 듯 보였으니, 살짝 당황한 것이다.

하지만 자유도 높은 카일란 시스템상 근접 전투형 법사도 얼마든지 존재하였으니.

화염법사들은 침착하게 준비해 두었던 마법들을 캐스팅하였다.

"인페르노 월Inferno Wall!"

"파이어 스톰Fire Storm!"

그러자 시뻘건 불길이 바닥에서부터 순식간에 피어올라, 전장을 가득 메우기 시작하였다.

좌아아아-!

화르르륵-!

그리고 그것을 확인한 관중은 흥미진진한 표정으로 저마다 떠들기 시작하였다.

"역시, 얼음법사한텐 불지옥이 제격이지."

"크……! 역시 최상위권 랭커 대전이라 그런가. 1초 만에 바로 화염법사로 카운터 쳐 버리네."

"아마 저 정령 마법사가 근접전을 유도하는 이유도, 최대한 카운터를 피하려고 그러는 거 아닐까?"

"맞네. 일단 근접해서 싸우기 시작하면, 공격 마법 위력 손실을 최소화시킬 수 있을 테니 말이지."

빙한 계열 마법사들이 화염법사에게 약한 이유는 화염 공격에 더 큰 피해를 입어서가 아니었다.

다만 이런 화염 속성의 광역 장판 스킬이 바닥에 깔렸을 때, 대부분의 빙한 계열 공격 마법의 위력이 급감하는 것이, 가장 치명적인 이유였던 것이다.

사실상 천웅 길드와 스콜피온 길드에서는 가장 정석적이고 확실한 카운터 카드를 꺼내 든 것.

물론 지금 이 순간까지도 히죽히죽 웃고 있는 이안에겐 아름답게 차려진 먹음직스러운 밥상으로밖에 보이지 않았지만 말이었다.

"이거이거, 아주 훌륭한 친구들이네."

"……?"

"내 버프 스텍까지 신경 써 주시고 말이야."

"무슨 소리를……!"

마법사들을 향해 한 차례 이죽거린 이안은 그대로 불길 속으로 뛰어 들었다.

탓-!

그리고 생각지도 못했던 전개에, 전장을 지켜보던 모두의 눈은 휘둥그레질 수밖에 없었다.

"미친!"

"뭐야, 저 미친놈은!"

물론 그 놀람은 점점 더 커다란 경악으로 바뀌어 갔지만 말이었다.

—조건이 충족되었습니다.

—'용암의 발걸음' 고유 능력이 발동합니다.

—'불의 힘' 버프로 인해, 공격력이 3%만큼 상승합니다.

—'불의 힘' 버프로 인해, 공격력이 3%만큼 상승합니다.

……후략…….

카일란에서 '공격력'이 상승하는 버프는 물리, 마법 공격력을 동시에 상승시켜 주는 버프이다.

그리고 이안이 가진 용암의 장화의 고유 능력인 '용암의 발걸음'은 물리, 마법 공격력을 동시에 상승시켜 주는 듀얼 버프 능력이었다.

그 때문에 불길 속으로 뛰어든 이안의 마법 공격력은 기하급수적으로 상승하였고.

화르르륵—!

—'불의 힘' 버프로 인해, 공격력이 3%만큼 상승합니다.

—'불의 힘' 버프가 최대한도(20Stack)까지 중첩되었습니다.

—총 버프 중첩량 : 공격력+60%

그것은 곧 '고대의 정령 마법' 위력이 상승했음을 의미하는 것이었다.

"자살기도는 재밌게 봤어."

"이게 대체……?"

"버프 주느라 고생했다고."

"……?"

순식간에 마법사들과 거리를 좁힌 이안이 지팡이를 휘두르기 시작하였다.

우우웅—!

그러자 빠르게 날아든 폭풍의 정령 블래스터가, 두 마법사들을 향해 일직선으로 바람의 언월도를 휘둘렀다.

—고대의 정령 '블래스터'의 고유 능력, '바람 가르기'가 발동합니다.

촤아악—!

어지간한 반사 신경과 민첩성이 아니라면, 결코 피해 내기 힘든 속도의 돌진 기술인 바람 가르기.

그것이 두 마법사를 동시에 긁고 지나가자, 그들의 입에서 헛바람 빠지는 소리가 새어 나왔다.

"허억……!"

피해량 자체는 어마어마한 수준이 아니었지만, 거의 다 캐스팅되었던 마법들이 캔슬되었기 때문이었다.

"큭!"

그리고 그렇게 만들어진 기회를 이안이 놓칠 리 없었다.

마법사들 사이의 전투는 캐스팅 시간을 운용하는 싸움이었고, 그런 의미에서 완벽하게 승기를 잡은 것이나 마찬가지였으니 말이다.

–고유 능력, '대지의 지배자'가 발동합니다.

–고대의 정령 마법 '머쉬 퀘이크'의 캐스팅이 완료되었습니다.

불길 속에서 뛰어다녔음에도 불구하고 생명력이 채 10%도 감소하지 않은 이안은 거침없이 마법사들의 사이로 뛰어들어가 머쉬 퀘이크를 시전하였다.

쿠구구궁–!

이 또한 채널링 스킬이었고, 얼마든지 다른 공격에 의해 캔슬될 수 있는 스킬이었지만, 그런 정도는 이안의 머릿속에 이미 계산되어 있는 상태였다.

'거의 빈사 상태인 마틴이 퀘이크 안으로 뛰어 들어올 순 없을 테고…… 발러 길드는 아직 다음 출전자를 투입하지 않았으니까.'

마틴이 이렇다 할 원거리 공격 기술이 없는 전사 클래스라는 사실을 알고 있었기 때문에, 다대일의 상황에서 과감히 채널링 광역기를 시전한 것이다.

–'천웅' 길드의 '정예 검투사'에게 치명적인 피해를 입혔습니다!

–'천웅' 길드의 '정예 검투사'에게 치명적인 피해를 입혔습니다!

……중략……

–'스콜피온' 길드의 '정예 검투사'에게 치명적인 피해를 입혔습니다!

–'천웅' 길드의…….

……후략…….

그리고 생각지도 못했던 대지 속성의 마법에 발이 묶인 두 화염법사들은 우왕좌왕하며 자멸할 수밖에 없었다.

"제기랄, 스킬 좀 끊어 봐!"

"으아악……!"

머쉬 퀘이크의 공격 범위가 상당한 수준이었던 데다, 70%나 되는 이동속도 감소 효과까지 달려 있었으니, 마법사들로서는 아무런 방법이 없었던 것이다.

일단 이 범위 밖으로 벗어나야 새로운 캐스팅을 하여 이안을 공격할 터.

지금은 마법을 다시 캐스팅해 봐야 곧바로 끊어질 상황이었으니, 속수무책이라 할 수 있는 것이다.

"으으으……!"

그리고 이러한 상황에서, 이안의 두 정령들이 가만히 있을리 만무하였다.

–정령 '블래스터'가 '스콜피온' 길드의 '정예 검투사'에게 치명적인 피해를 입혔습니다!

–정령 '마그번'이 '천웅' 길드의 '정예 검투사'에게 치명적인 피해를 입혔습니다!

……후략…….

이안의 별다른 오더 없이도 두 정령들은 강력한 공격을 퍼붓기 시작하였고, 그렇지 않아도 맷집이 약한 마법사 클래스의 랭커들이 그것을 버텨 낼 리 만무했으니 말이다.

"커허억!"

그리고 이러한 전개는 또다시 2Point라는 깔끔한 결과가 되어 이안에게 돌아오게 되었다.

띠링–!

–'로터스' 길드의 '정예 검투사'가 킬 포인트를 1 Point 획득하였습니다.

–'로터스' 길드의 '정예 검투사'가 킬 포인트를 1 Point 획득하였습니다.

갑작스레 등장한 로터스의 비밀 병기(?)가 검투장이 열리자마자 무려 5포인트라는 킬 포인트를 싹 쓸어가 버린 것이었다.

기사 대전을 대하는 길드원들의 자세는 모두가 다 제각각이었다.

어떻게든 길드의 우승이 최우선인 길드마스터 헤르스 같은 인원들도 많았지만, 길드의 우승만큼이나 본인의 활약도 중요한 훈이나 레미르 같은 길드원들도 존재했으니 말이다.

하지만 그 어떤 경우에도 이안 같은 케이스는 찾아볼 수 없었다.

본인의 활약, 길드의 우승보다도 자기만족적인 요소인 '흥미'와 '탐구'가 최우선인 이안 같은 유저 말이다.

그리고 그런 특이 케이스인 이안 덕분에, 기사 대전에 이런 흥미진진한 이벤트가 발생할 수 있었던 것이라 할 수 있었다.

"와아아……! 정령법사 대박이다!"

"좋았어! 이대로 다 쓸어 버리라고!"

복면으로 얼굴을 가린 채 로터스의 진영에 등장한 신비의 정령 마법사.

그의 활약은 지금 콜로세움 안의 관중뿐만 아니라, 전 세계의 팬들을 열광하게 하고 있었다.

그가 누구인지는 아직 아무도 밝혀내지 못하였지만, 그런 것은 전혀 상관없었다.

카일란의 팬들이 이런 E-스포츠를 시청하면서 기대하는 가장 중요한 요소 중 하나가 '의외성'이었고, 그런 측면에서 로터스 정령 마법사의 활약은 그 기대치를 훌쩍 넘기는 수준이었으니 말이었다.

—대박, 대체 어디서 튀어나온 랭커지?

—갑자기 저런 톱 티어 랭커가 뚝 떨어지는 게 가능한가?

—톱 티어 랭커라기에는 아직 검증이 덜 됐죠.

—그건 또 무슨 말임. 지금 등장하자마자 5킬 땄는데.

—윗님 말이 맞음. 혼자 무쌍 찍고 있는데, 무슨 검증이 또 필요하다는 건가요?

—사실 지금 저 랭커가 쉽게 킬 포인트를 올리고 있는 데에는, 정령 마법사라는 알려지지 않은 클래스의 이점이 크니까 하는 말입니다.

—흐음.

—최상위권 랭커들 사이에서는 정보 하나의 차이가 승패를 좌우하니까요.

—맞는 말이긴 한데…….

—물론 그런 이점을 가졌다 한들, 뛰어난 실력이 없다면 저런 활약은 불가능하겠지만…… 조금 더 지켜볼 필요는 있다는 겁니다.

하지만 이렇게 달아오르는 분위기 속에서도, 역시 가장 흥분 상태인 이들은 로터스의 길드원들을 비롯한 수많은 로터스의 팬들이라 할 수 있었다.

그리고 긴장 상태로 콜로세움의 대기실에 있던 로터스의 수뇌부 또한, 크게 다를 것이 없는 상황이었다.

"캬, 미쳤다. 역시 이안 형이야!"

로터스의 대기실에서 경기를 구경하던 카윈이 두 주먹을 불끈 쥐며 감탄을 터뜨렸다.

그러자 그의 바로 옆에 있던 레비아가 고개를 끄덕이며 맞장구쳤다.

"진짜 이안 님은 엄청나네요."

"그죠?"

"매번 물리 계열 무기들만 사용하셔서 몰랐는데…… 마법 이해도가 이 정도로 높을 줄은 몰랐어요."

"저 형은 그냥 괴물이에요."

끄덕-.

"그냥 논외로 생각하는 게 마음 편합니다."

끄덕-.

이안의 활약으로 인해, 로터스 대기실의 분위기는 한결 가벼워졌다.

이안이 미리 쌓아 둔 포인트가 있으니, 뒤에서 똥을 좀 싼다 한들 어느 정도 커버가 될 것이었으니 말이다.

그리고 이렇게 부담감을 덜 수 있다는 것은 기사 대전같이 글로벌 규모의 큰 경기에서 엄청난 이점이 될 수 있는 것.

지금 가장 얼굴이 밝은 것은, 길드마스터인 헤르스라고 할 수 있었다.

'두 번째 순서로 훈이에 이어 레미르 누나까지 배치해 뒀

으니…… 잘하면 시작부터 굳히기에 들어갈 수도 있겠어.'

이안이 아무리 막나가는 성향을 가지고 있다 해도, 자기 입으로 뱉은 약속만큼은 지키는 인물이었다.

그리고 헤르스가 이안의 요구 조건을 들어주는 대신, 그는 위기 상황에서 무조건 '교체' 티켓을 수용하기로 하였으니, 큰 이변이 있지 않는 한 이안을 보험 카드로까지 사용할 수 있게 되었다.

설령 훈이와 레미르 선에서 승리를 확정 짓지 못한다고 해도, 유신에 이안까지 뒤 라인을 다시 튼튼하게 구성할 수 있는 것이다.

항상 보수적으로 생각하는 헤르스가 보기에도, 사실상 2위 이상은 이미 확보가 된 상황.

"좋았어. 딱 2킬만 더 따 보자, 진성아."

하지만 그런 헤르스의 바로 옆에는 그와 완전히 상반된 표정의 인물이 하나 있었다.

헤르스의 표정이 안도, 기쁨, 환희 같은 느낌을 가지고 있었다면, 불안, 초조, 혹은 분노(?)와 같은 표정을 한 사람이 하나 있었던 것이다.

'젠장, 젠장……!'

그의 정체는 바로, 이안의 다음 순서로 출전을 기다리고 있던 훈이.

'아니, 저 형은 인생에 도움이 안 되네, 진짜.'

콜로세움 전투의 MVP를 꿈꾸고 있던 훈이로서는 이안이 활약하면 할수록 더욱 불안해질 수밖에 없었던 것이다.

'아, 교체권 그냥 지금 쓰자고 하면 안 되나…… 하아…….'

훈이가 이번 전장에서 MVP를 노렸던 이유는 다른 것이 아니었다.

콜로세움 전투에서는 이안까지 차례가 가지 않아도 충분히 승리할 수 있다고 생각하였고, 이안만 없다면 자신이 충분히 MVP가 될 수 있을 것이라 판단한 것이다.

훈이로서는 다음 전장인 운명의 언덕이나 아직 공개되지 않은 그 뒤의 전투로 넘어갈수록 MVP를 따 보기 더욱 힘들어지는 것.

"크흑."

하지만 그런 훈이의 슬픔을 알 리 없는 이안은 더욱 신나게 전장에서 날뛰기 시작하였다.

처음 이안이 2킬을 가져갔을 때, 각각 그 킬 포인트를 헌납한 천웅 길드와 스콜피온 길드는 곧바로 다음 출전자를 내보내며 카운터 어택을 감행했었다.

하지만 두 길드의 그러한 선택은 단순히 반격을 위한 것이 아니었다.

다만 정황상 이안이 빙계 마법사라는 확신을 가졌고, 그에 대해 카운터를 칠 수 있는 확실한 카드를 보유했다고 판단했기 때문에, 킬 포인트 손실을 메우기 위한 빠른 대응이었을 뿐이었던 것이다.

하지만 카운터 카드로 꺼내 든 두 화염법사가 속수무책으로 또다시 킬 포인트를 내줘 버린 지금, 이제 상황은 완전히 달라졌다.

"……."

5명 이상의 정예 검투사가 전사하는 순간 길드가 검투장에서 아예 아웃되기 때문에, 섣불리 다음 카드를 내놓을 수 없게 된 것이다.

물론 검투장에서 먼저 아웃된다 하더라도 킬 포인트를 압도적으로 따 놓으면 상관이 없었지만, 천웅과 스콜피온 길드의 킬 포인트는 현재까지 제로였다.

-아, 이렇게 되면 천웅 길드와 스콜피온 길드는 너무 위험한 상황이 되었습니다!

-이거 아직까지 마틴이 버티고 있는 호왕 길드가, 어쩌면 어부지리를 취할 수 있을지도 모르겠는데요!

-하지만 그저 버티기만 한다고 되는 것은 아닙니다. 결국 끝까지 생존하더라도, 킬 포인트에서 너무 밀리면 수포로 돌아가니까요.

-그래도 생존 자체가 의미 있는 건 틀림없습니다. 결국 이 검투장의

모든 승점 중 가장 큰 지분은 생존 점수에 있으니 말입니다.

검투사가 사망한 경우, 다음 검투사를 투입해야 하는 제한 시간은 10초.

천웅과 스콜피온은 이 10초라도 최대한 활용해야 하는 상황이 온 것이다.

10초 동안 전장에 남아 있는 타 길드의 검투사들이 조금이라도 치고받으며 싸워야, 다음 검투사를 투입했을 때 더 수월하게 싸울 수 있을 테니 말이다.

그 때문에 두 길드에서 머뭇거리는 사이, 상황을 지켜보던 발러 길드에서 10초를 전부 채운 뒤 두 번째 검투사를 투입하였다.

위이잉―!

―발러 길드의 '정예 검투사'가 전장에 입장하였습니다!

그리고 그와 동시에.

띠링―!

―호왕 길드에서 '교체권'을 사용하였습니다!

우우우웅―!

호왕 길드의 정예 검투사였던 마틴이 대전장 바깥으로 역소환되었다.

—호왕 길드의 '정예 검투사'가 다른 인원으로 교체됩니다.

이안의 눈치를 보고 있던 호왕 길드에서 서둘러 교체권을 사용한 것이다.

—역시 호왕 길드에선 빠르게 교체 카드를 쓰는군요!

—사실 발러 길드에서도 교체 카드를 아끼지 않았더라면, 첫 킬을 내주지 않았어도 됐을 텐데요.

—워낙 변칙 공격에 당한 터라, 타이밍을 놓쳤던 게 아닐까요?

—어쩌면 전략적 선택이었을지도 모르고요. 교체 카드를 아낀 것 또한, 충분히 의미 있는 선택이니까요.

그리고 이 급박하게 상황이 굴러가는 콜로세움의 한복판에서, 홀로 여유롭게 서 있는 이가 있었으니.

"후후."

그는 다름 아닌 이 모든 상황을 만들어 낸 한 명, 바로 이안이었다.

'크, 생각보다 정령 마법이 더 강력한데?'

처음부터 기대 이상의 성과를 내기는 했지만, 이안은 결코 긴장을 늦추지 않았다.

아니, 오히려 처음에 가벼운 마음으로 입장했다면 슬슬 긴장감을 더 끌어 올리기 시작한 것이다.

그리고 그 이유는 사실 간단했다.

'이제 슬슬 더 재밌어지겠군.'

이제부터 시간이 지날수록, 이안이 이 콜로세움에서 '생존'하는 것은 더욱 어려워질 것이기 때문이었다.

우선 호왕 길드를 제외한다면 다른 길드들의 남아 있는 출전 멤버는 지금까지보다 더 뛰어난 랭커들일 것임이 첫 번째 이유였으며, 두 번째로는 5킬이나 먹은 탓에 이안의 '가치'가 올라갔기 때문이었다.

콜로세움에서는 같은 킬 포인트라도 높은 킬 관여율을 가진 검투사를 처치하는 것이, 훨씬 더 많은 승점을 얻을 수 있게 되어 있었으니 말이다.

길드의 우승에 큰 관심이 없을지언정, 기사 대전의 구조에 대해서만큼은 누구보다 빠삭하게 꿰고 있는 이가 바로 이안이었기에, 그는 앞으로의 전개를 거의 정확히 꿰뚫어 보고 있었던 것이다.

'틈이 보이면 누구든, 바로 나부터 노리기 시작하겠지. 하지만 2등이라도 해야 하는 이상, 합공을 하더라도 언제든 서로의 뒤통수를 치기는 할 거고.'

그리고 이안이 이렇게 머리를 굴리는 사이, 전장은 새로운 구도로 흘러가기 시작하였다.

–'천웅' 길드의 '정예 검투사'가 전장에 입장하였습니다!
–'스콜피온' 길드의 '정예 검투사'가 전장에 입장하였습니다!

발러 길드의 새로운 검투사가 선불리 이안을 선공하지 않고 기다렸기 때문에, 그사이 다시 나머지 길드들의 검투사도 입장하게 된 것이다.

그리고 모든 검투가들이 입장한 순간, 대전장은 지금까지와 전혀 다른 구도로 흘러가기 시작하였다.

타탓–!

쿠우웅–!

처음 전투에서는 이안이 먼저 선공하며 전장을 주도했다면, 이번에는 나머지 넷이 먼저 검을 뽑아 들었으니 말이다.

바야흐로 난전의 시작인 것.

그리고 그 난전 속에서, 이안은 첫 번째 위기(?)를 맞게 되었다.

"오호, 저놈 봐라?"

대기실에서 전황을 구경하던 천웅 길드의 길드마스터 류

첸은 점점 더 흥미진진한 표정이 되었다.

잘못된 판단으로 인해 벌써 2데스나 누적되었음에도 불구하고, 전혀 불안하거나 초조한 기색이 아닌 것이다.

그리고 이러한 여유는 사실 다른 데서 나오는 것이 아니었다.

류첸이 믿고 있는 것은 그 누구보다도 자신의 강력함이었고, 적어도 로터스를 제외한 다른 세 곳의 길드들은 힘으로 찍어 눌러 버릴 자신이 있었기에 나오는 자신감이었던 것이다.

"어쩌시겠습니까, 마스터?"

"뭘?"

"2데스나 내줬는데…… 아직 승점이 전무하지 않습니까."

길드원 '샤오핑'의 걱정 어린 말에 류첸은 피식 웃으며 전장을 가리켰다.

그리고 그가 가리키는 곳에는 지금 전장의 주인공이나 다름없는 정령 마법사가 서 있었다.

"저기 저놈이 있지 않느냐."

"예……?"

"저놈 혼자서 저렇게 킬 포인트를 쓸어 담고 있는 이상, 걱정할 건 아무것도 없다는 뜻이다."

"그게 무슨……."

"어차피 저놈 하나만 꿀꺽할 수 있으면, 무조건 2등은 확보된다는 뜻이다."

"아……!"

류첸은 의미심장한 표정으로, 전장을 지켜보았다.

그리고 그의 시선은 또다시 열심히 마법을 캐스팅 중인 '정령 마법사'에게 고정되어 있었다.

'확실히 대단한 놈이야. 하지만…….'

류첸은 로터스의 정령 마법사를 결코 무시하지 않았다.

오히려 세계 랭킹 최상위권에 랭크되어 있는 자신에 견줄 정도로 높게 평가하였다.

하지만 그것과 별개로, 그를 잡을 수 있다는 확신 또한 가지고 있었다.

'자, 이제 남은 밑천까지 다 꺼내 보거라.'

그에게는 아직 세상에 단 한 번도 공개하지 않은 강력한 무기가 있었으니 말이었다.

전황은 대체로 이안의 예상대로 흘러갔다.

이제까지가 이안의 독무대나 다름없었다면, 새로운 검투사들이 유입된 뒤부터는 무척이나 치열해진 것이다.

어쨌든 정령 마법사로서 이안이 가지고 있는 고대 마법의 숫자는 그리 많지 않았으며, 때문에 타 길드의 검투사들이 어느 정도 이안을 상대하기 위한 상대법을 찾아낼 수 있었던 것이다.

"또 같은 마법 패턴에 당해 줄 거라고 생각한 건 아니겠지?"

"후후."

"실력이 대단하긴 하지만, 그렇게 단순한 패턴은 더 이상 먹히지 않을 거라고."

천웅 길드 검투사의 비아냥에 이안은 피식 웃어 보였다.

그의 말이 결코 틀린 이야기는 아니었지만, 어차피 정령 마법사로서의 가능성은 이미 충분히 보았으니 말이었다.

'확실히 최상위 랭커들이라는 건가? 적응이 빠르네.'

선택지가 많지 않다는 아쉬움에, 이안은 입맛을 쩝 하고 다셨다.

'융합을 그냥 하지 말고, 여러 가지 마법을 쓸 걸 그랬나? 아니지. 그랬으면 이런 퍼포먼스가 애초에 불가능했을 거야.'

고대의 마법을 한 두세 가지만 더 가지고 있었더라도, 전투에서 창출해 낼 수 있는 변수는 열 가지도 넘게 늘어났을 테니 말이었다.

하지만 그것은 당장의 전투에 대한 아쉬움일 뿐, 고대 정령 마법에 대한 아쉬움은 당연히 아니었다.

어차피 고대의 정령술은 이제 걸음마 단계나 마찬가지였으니 말이다.

'일단 지금은 제한 속에서 최선을 찾아내야지.'

타타탓-!

이안의 공격 마법들을 피해 낸 천웅 길드의 검투사가 돌진기를 사용하여 빠르게 이안의 앞으로 접근하였다.

쉬이익-까앙-!

마법으로 대응하기에는 무척이나 짧은 시간의 날카로운 접근이었고, 때문에 이안은 저도 모르게 지팡이를 꺼내어 휘둘렀다.

깡-까가강-!

마치 창술을 사용할 때처럼, 지팡이를 이용하여 상대의 현란한 검술을 막아 내기 시작한 것이다.

-'무기 막기'에 성공하여, 피해량을 79%만큼 흡수합니다.

-'무기 막기'에 성공하여, 피해량을 87%만큼 흡수합니다.

-'무기 막기'에 성공하여, 피해량을 84.5%만큼 흡수합니다.

……후략…….

그리고 떠오르는 시스템 메시지들을 힐끔 확인한 이안은 속으로 투덜거렸다.

'으씨, 역시 지팡이라 그런가? 무기 막기 효율이 제대로 안 나오네.'

검에 비해 공격 속도 자체가 현저히 느린 지팡이다 보니, 이전만큼 완벽한 무기 막기가 힘들었던 것이다.

심판 검을 들었더라면 전부 90% 이상의 대미지 흡수를 해

낼 수 있었을 텐데, 지금은 높아야 80% 정도밖에 수치가 나오질 않았으니, 이안으로서는 불만스러울 수밖에 없었다.

'이러면 근접전을 쭉 유지하는 건 부담스러운데.'

사실 이안처럼 민첩성 스텟이 높지 않은 일반 마법사였다면, 지팡이로 무기 막기를 시도한다는 것 자체가 자살행위나 다름없었던 상황이지만.

평소만큼 퍼포먼스가 나오지 않는 것이 불만스러울 뿐, 그런 객관적(?) 사실은 이안에게 별로 중요한 것이 아니었다.

"블래스터!"

콰콰쾅-!

한 차례 검투사의 공세를 막아 낸 이안은 블래스터를 컨트롤하여 오히려 그를 몰아붙이기 시작하였다.

블래스터 또한 고유 능력을 사용할 때를 제외하면 언월도를 든 근접 공격형 정령이었기 때문에, 근접 전투가 취약한(?) 이안을 충분히 보완해 줄 수 있었다.

이어서 깔끔하게 마지막 공격을 막아 낸 이안은 그대로 후방으로 도약하여 상대와의 거리를 벌렸다.

까앙-!

한 차례 공방을 주고받으며 상대의 전투 타입을 어느 정도 파악했으니, 이제 역공을 준비해 볼 차례인 것이다.

'원래대로라면 근접에서 해결해 보려 했지만…….'

지팡이를 등에 둘러 멘 이안의 손에, 불길이 일렁이기 시작하였고.

화륵—!

이어서 그런 이안의 몸놀림에 콜로세움은 다시 흥분의 도가니로 빠져들기 시작하였다.

—아 저게 지금 뭔가요!

—마, 마법사가…… 무기 막기를……!

—마법사가 무기 막기로, 전사 클래스의 근접 스킬들을 전부 다 막아 버렸어요!

—이게 대체 무슨 상황인가요!

콜로세움의 상부 스크린에는 이안의 무기 막기 장면이 슬로비디오로 재생되기 시작하였고, 해설진들은 그것을 보면서 침을 튀겨 가며 설명하였다.

—어쭙잖은 초보 검사의 검을 막아 낸 것도 아니고, 천웅 길드의 랭커를 상대로 무기 막기를 했어요.

—와, 보고도 믿을 수가 없습니다! 대체 지팡이를 들고 어떻게……!

—지팡이의 무기 공격 속도가, 대체로 매우 느림이죠?

—그렇습니다. 저는 사실, 민첩성이 주 스텟인 암살자가 지팡이를 든다고 해도, 저런 움직임이 가능할지 모르겠어요.

—그런가요?

–네. 카일란의 무기 공격 속도는 스텟으로 상승한 모든 스피드를 최종 비율로 다시 연산하는 시스템이거든요.

–아……!

–차라리 평범한 공속을 가진 완드류 장비면 모를까……. 저건 아무리 봐도 양손 지팡인데 말이죠.

그리고 놀란 것은 당연히 해설진뿐만이 아니었다.

해설이 콜로세움에 울려 퍼질수록 게임 지식이 부족한 일반 관중 또한 더욱 흥분하기 시작했으며.

"와아아……!"

"전투 마법사다!"

"대박!"

이 모든 사람 중에 가장 놀란 것은 바로 이안의 상대였던 천웅 길드의 검투사, '리챠오'였으니 말이었다.

'뭐지? 지팡이로 이걸 막는다고……?'

보통의 마법사들은 근접전에 무척이나 취약하다.

그 때문에 PVP에서 마법사를 잡기 위한 가장 정석적인 방법은 최대한 날카롭게 거리를 좁히고 파고들어, 근접전을 유도하는 것이었다.

지근거리에서 계속해서 괴롭히면 마법사는 당연히 마법 캐스팅을 하기 힘들었고, 그렇게 공격적으로 몰아붙이기 시작하면 그대로 자멸하는 것이 보통이었으니 말이다.

물론 이것은 일반적인 경우일 뿐, 랭커급의 마법사들은 조금 달랐다.

그들은 캐스팅이 거의 없는 실드 마법과 블링크 계열의 마법을 번갈아 사용하며, 다시 틈을 만들고 시간을 벌어 내는 방법을 알고 있었으니 말이다.

그래서 천웅 길드의 검투사 '리챠오'도 이 공격 한 번에 이안을 제압할 수 있을 것이라고 기대하진 않았었다.

다만 그가 당황한 것은 이안의 대응 방식이 마법사의 그것이 아니었기 때문이었다.

'뭐 이런 혼종이…….'

그리고 생각지 못했던 상황으로 인한 당황스러움이 지나가고 나자, 그의 얼굴은 시뻘게질 수밖에 없었다.

'으득……!'

중국 서버 전체에서도 세 손가락 안에 드는 검사인 그의 공격이 마법사의 지팡이질(?)에 모조리 막혀 버렸으니, 당장의 상황이 어떤지와 별개로, 이런 모욕이 없었던 것이다.

"후우우……."

만약 관중 없이 벌어진 일대일의 대전이었더라면 조금 덜 부끄러웠겠지만, 지금 그들이 서 있는 전장은 세계 모든 카일란 유저들이 지켜보고 있는 콜로세움.

자신의 아이디야 비공개 처리되어 있지만, 이미 중국 유저라면 자신이 누군지 전부 다 알 것이었으니, 자존심 강한 랭커로서는 기분이 상하는 것이 당연한 것이다.

'놈…… 넌 내 손에 죽는다……!'

하지만 그것도 잠시, 전방을 확인한 리챠오는 다시 경악스런 표정이 될 수밖에 없었다.

핑-피피핑-!

다시 그에게 접근하기 위해 돌진 스킬을 사용하려던 그에게, 돌연 십수 발의 불화살이 날아들었으니 말이었다.

'이건 또 뭐……!'

까가강-!

심지어 그 공격 하나하나가, 무척이나 정교하고 정확하게 리챠오의 약점들을 노리고 있었으니, 이것은 랭커급 궁수의 사격이라 해도 믿을 만한 수준이었다.

'정령 마법인 것 같긴 한데…….'

이안의 불화살들을 빠르게 쳐 낸 리챠오는 속으로 침음을 흘렸다.

대기실에서 이미 전부 파악했다 생각한 이안에게서, 새로운 능력들이 연달아 튀어나왔으니 말이었다.

마치 까도 까도 끝이 없는 양파처럼, 계속해서 새로운 퍼포먼스를 보여 주는 이안.

그런 그를 향해 다시 칼을 겨눈 리챠오는 한 차례 크게 심호흡을 하였다.

'이번엔 무조건 승부를 본다!'

그가 가진 가장 강력한 카드를 전부 꺼내서라도, 여기서 이안을 잡아야 직성이 풀릴 것 같았으니 말이었다.

그리고 리챠오가 고유 능력들을 발동하기 시작하자, 그의 몸에서 새하얀 빛이 뿜어 나와 그의 검을 타고 휘몰아치기 시작하였다.

최후의 순간에 꺼내려고 준비해 왔던, 그가 가진 가장 강력한 검술 중 하나인 '파괴의 검술'을 시전한 것.

고오오오-!

하지만 다음 순간, 파괴의 검술로 단숨에 이안을 처치해 버리려던 리챠오의 계획은 모두 수포로 돌아가 버릴 수밖에 없었다.

띠링-!

"크."

그의 눈앞에 새로운 시스템 메시지가 떠올랐기 때문이었다.

-'천웅' 길드의 대기실에서 교체권을 사용하였습니다.

-교체를 수락하시겠습니까?

길드마스터 류첸이 교체권을 발동시켰고, 그것은 곧 그에게 대기실로 돌아오라는 명령과 다름없었으니 말이었다.

'젠장……!'

물론 교체를 거부할 수도 있겠지만, 그것은 곧 마스터의 명령에 대한 불복종.

게다가 류첸의 의도 또한 짐작할 수 있었기에 리챠오는 순순히 교체를 수락할 수밖에 없었다.

'아마 숨겨 둔 패를 꺼내 드는 게 못마땅하셨겠지. 로터스에서는 아직, 이안은커녕 레미르나 훈이도 나오지 않았는데 말이야.'

위이잉-!

리챠오가 교체를 수락하자, 콜로세움 전체에 예의 그 시스템 메시지가 울려 퍼졌다.

띠링-!

-'천웅' 길드에서 '교체권'을 사용하였습니다!

-'천웅' 길드의 '정예 검투사'가 다른 인원으로 교체됩니다.

이어서 천웅 길드의 진영 마법진이 가동되며, 새로운 검투사가 모습을 드러내었다.

우우웅-!

마법진이 일렁임과 동시에 그 위로 솟아오르는 새카만 로브를 뒤집어쓴 핏빛 그림자.

남자의 모습을 확인한 콜로세움에 또 한 번 뜨거운 열기가 퍼지기 시작하였다.

—아앗! 천웅 길드에서 교체권을 사용했습니다!

—이, 이럴 수가!

—……!

지금의 타이밍에서 등장할 것이라고는 생각조차 하지 못했었던 남자.

카일란에서 유일하게, 핏빛으로 일렁이는 붉은 그림자를 가진 남자.

그가 전장에 모습을 드러냈으니 말이었다.

—어둠의 주술사……! 류첸입니다!

—정말 류첸입니다! 류첸이 나타났어요!

—천웅 길드에서, 초강수를 꺼내 들었습니다!

이어서 전장에는 핏빛 기운이 몰아치기 시작하였다.

사실 리챠오의 짐작은 틀린 것이었다.

류첸이 교체권을 사용하여 리챠오를 불러들인 이유.

그것은 결코, 리챠오의 숨겨진 패가 드러나는 것을 막기 위해서가 아니었던 것이다.

'멍청한…… 저 타이밍에 파괴의 검술을 쓴다 해서, 절대로 놈을 잡을 수 없을 것인데.'

다만 류첸이 교체권을 사용한 이유는 무척이나 단순하고 확실한 이유 때문이었다.

'엇……!'

콜로세움에서 한 검투사의 목숨과 비견될 만한 가치를 지닌 교체권을 사용한 이유는 그것을 사용함과 동시에 최소 2킬 이상을 따낼 자신이 있었기 때문이었던 것이다.

—정예 검투사 '리챠오'가 교체를 수용하였습니다.

—전장으로 입장합니다.

스콜피온 길드와 호왕 길드의 두 검투사들을 동시에 처치해 버릴 수 있는 완벽한 타이밍을, 전장 안에서 읽어 낸 것이었을 뿐.

이안과 리챠오가 싸우는 사이 삼파전을 벌이고 있던 전장에 난입하여, 두 개 이상의 킬 포인트를 슬쩍 주워 담을 생각이었던 것이다.

스하아아아—!

그리고 그의 계획은 정확히 맞아떨어졌다.

콰광—콰콰쾅—!

—'천웅' 길드의 '정예 검투사'가 킬 포인트를 1 Point 획득하였습니다.

—'천웅' 길드의 '정예 검투사'가 킬 포인트를 1 Point 획득하였습니다.

가장 많은 생명력이 남아 있던 발러 길드의 검투사를 제외한 나머지 둘의 킬 포인트를 그대로 가져올 수 있었으니 말이었다.

'좋아, 이제 밑밥은 깔렸고……!'

게다가 생존한 발러 길드의 검투사 또한 곧바로 교체 카드를 사용하여 전장 밖으로 역소환되었으니, 류첸이 원했던 완벽한 '판'까지도 만들어 낼 수 있었다.

물론 길어야 10초라는 짧은 시간이었지만, 전장에 류첸과 '정령 마법사' 둘만이 남은 일대일의 구도가 만들어진 것이다.

그리고 여기서 그의 계획대로 깔끔하게 로터스의 마법사를 처치한다면, 천웅 길드는 단숨에 다시 조 1위로 치고 올라가게 되는 것.

이것이야말로 류첸이 그리는 완벽한 그림이었던 것이다.

'후후, 이거 마치 저금통을 따는 기분인데?'

이어서 모든 계획을 머릿속에 떠올린 류첸은 곧바로 준비해 뒀던 주술을 발동하였다.

"환영파혼진幻影破魂陣……!"

그러자 이안과 류첸의 주변으로 붉은 기의 막이 겹겹이 형성되기 시작하였다.

'좋아. 이제 아무도 내 밥그릇을 건드릴 수 없겠지.'

류첸이 죽기 전에는 그 누구도 해체할 수 없는 진법인, 환영파혼진이 발동된 것.

환영파혼진은 어떤 공격성도 갖지 않은 진법이었으나, 류첸이 이 진법을 발동시킨 이유는 간단하였다.

그의 저금통(?)인 이안의 막타를 누구에게도 뺏기지 않기 위한 수단이었던 것이다.

이제 남은 것은 이 일대일의 결투장 안에서 이안을 처치하기만 하면 되는 것.

이안을 노려보는 류첸의 두 눈에서, 붉은 기운이 뿜어져 오기 시작하였다.

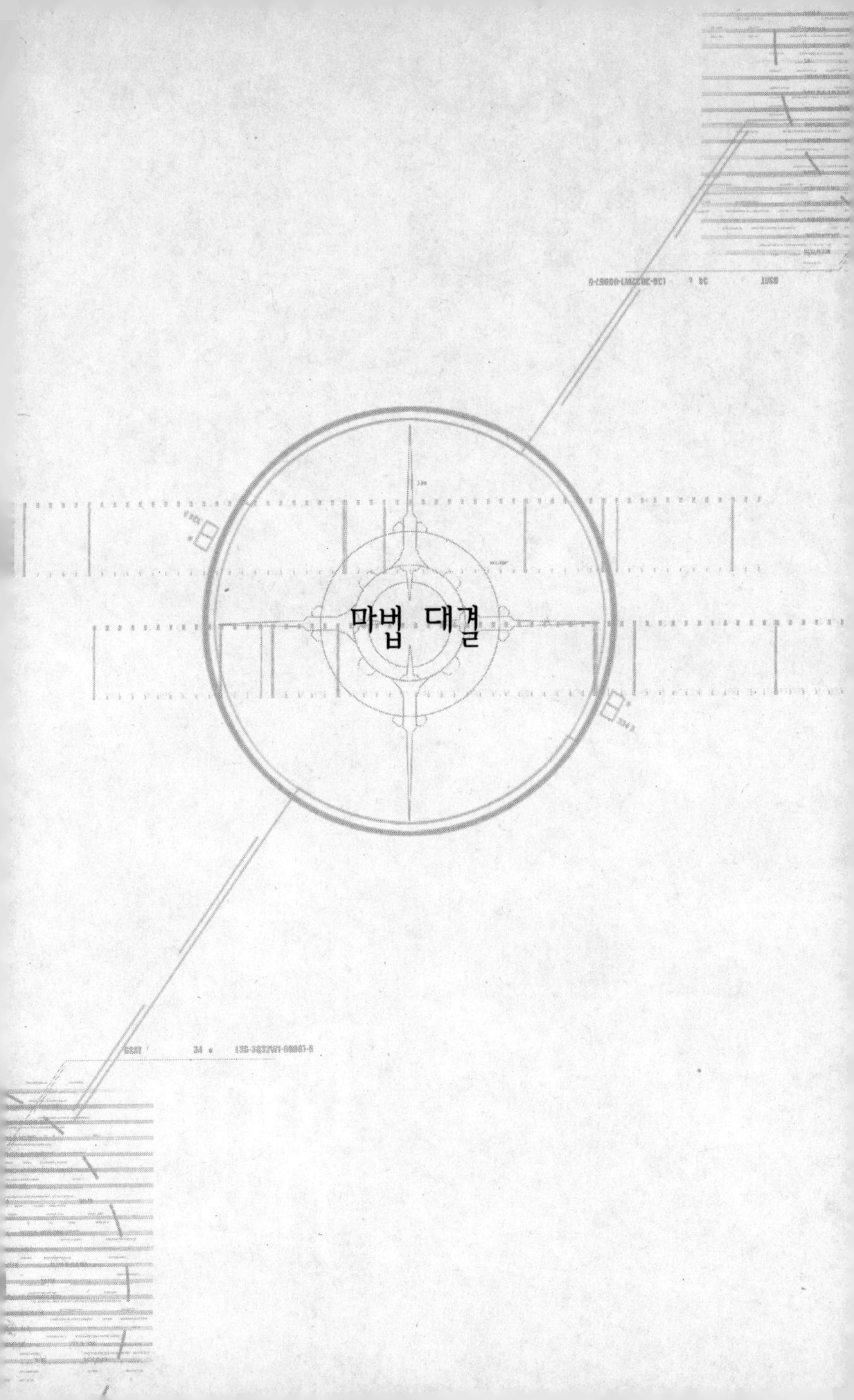

마법 대결

Taming
Master

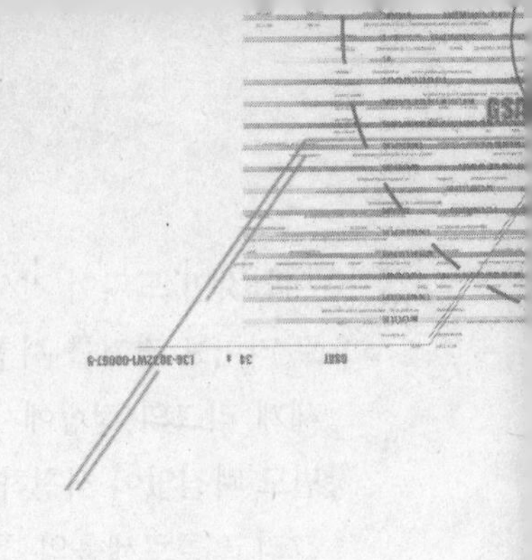

"크흐……! 역시 기대를 저버리지 않는구먼!"

따뜻한 햇볕이 내리비추는 한가로운 오후.

오랜만에 집에서 휴식을 즐기는 나지찬은 싱글벙글한 표정이었다.

물론 회사에 할 일이야 산더미처럼 쌓여 있음에도 불구하고 연차를 낸 것이었지만.

지금 그의 머릿속에 '일'은 모두 지워진 지 오래였다.

아무리 막대한 일거리가 쌓여 있다 할지라도, 오늘만큼은 마음 편히 쉴 생각이었으니 말이다.

어지간해서는 휴가를 잘 쓰지 않는 나지찬이 일거리가 쌓여 있는 데도 불구하고 출근하지 않은 이유는 단 하나.

'이안갓이 드디어 기사 대전에 왕림하셨는데, 경건한 마음으로 라이브 경기를 시청해 줘야지.'

세계 리그의 정상에서 이안이 어떤 활약을 보여 줄지, 한 장면도 빠짐없이 시청하고 싶었던 것이다.

그리고 콜로세움의 첫 번째 전장은 나지찬이 기대하고 상상했던 것 이상으로 흥미진진하게 굴러가고 있었다.

"처음부터 이안갓이 나와 줄 줄이야."

당연히 4~5선발일 것으로 생각했던 이안이 1선발로 나왔다는 사실부터가, 그를 미치도록 흥분케 하였으니 말이었다.

심지어 어떤 이유에서인지 정체까지 숨긴 채 '정령 마법사'로서 전투를 벌이는 이안.

그의 모든 퀘스트를 지켜본 나지찬이야 한눈에 그가 이안임을 알아보았지만, 그를 제외한 대부분의 팬들이 정령 마법사의 정체를 궁금해하는 상황이었고, 이 모든 상황이 맞물려 나지찬에게 최고의 재미를 선사하고 있었던 것이다.

"이안이라면 정령 마법으로도 최소 2킬은 올리겠지?"

딸깍-!

감자칩을 우물거리며 맥주 캔을 따 올린 나지찬은 벌컥벌컥 단숨에 맥주를 들이켰다.

맥주를 마시면서도 시선만큼은 단 한 순간도 스크린에서 떼지 않는 나지찬이었다.

"와 씨, 벌써 3킬?"

"아니…… 잠깐. 여기서 둘을 더 잡아 버린다고? 아오, 저 등신들은 왜 화염법사를 꺼내 가지고……. 미쳤네. 하아…… 고대 정령 마법 너프해야 되나? 리플렉션 실드 메커니즘이 뭐였지? 저렇게 쉽게 튕겨서 맞출 수 있는 스킬이었나?"

거의 스크린에 빨려 들어갈 듯 집중한 나지찬은 끊임없이 중얼거리며 경기에 몰입하고 있었다.

콜로세움의 경기를 시청하는 1시간이 조금 넘는 시간 동안, 다른 유저들과는 비교조차 되지 않을 정도로 복잡한 생각들을 떠올리는 나지찬.

카일란의 영상을 보면 항상 분석하는 버릇이 있는 나지찬이었기에, 재밌게 경기를 즐겨야 하는 상황에서도 그의 머리에는 부하가 오고 있었다.

까강-까가강-!

이안이 리챠오의 검술을 지팡이로 모조리 막아 내는 것을 보며, 나지찬은 저도 모르게 투덜거렸다.

"아오, 빨리 이안이 심판 검 꺼내는 거 보고 싶은데……."

로터스의 내부 사정(?)까지는 모르는 나지찬은 이안이 아직 심판 검과 소환수들을 꺼내지 않는 이유를, 단지 상대가 '약해서'라고 생각했던 것이다.

"대체 류첸이나 아르케인은 언제 나오려고 안 나오는 거야?"

그리고 그가 판단하기엔 이안이 숨겨 둔(?) 정체를 드러내려면, 발러 길드의 최강자 아르케인이나 천웅 길드의 마스터 류첸이 등장하는 방법 외에 다른 방법이 없다고 생각되었다.

'아무리 이안이라 해도…… 그쯤 되는 랭커들을 상대론, 정령 마법만으로 이길 수 없을 테니까.'

그런데 바로 그때.

"……!"

나지찬은 소파에서 벌떡 일어날 수밖에 없었다.

"그래, 이거지!"

드디어 그가 바랐던 대로, 류첸이 전장에 등장했으니 말이었다.

환영파혼진은 평소에, 생존 기술로 많이 사용되는 진법이었다.

진의 바깥에서는 진법을 파괴할 방법이 거의 전무한 수준이었으니 말이다.

물론 강력한 공격을 계속해서 두들기면 언젠가는 내구력이 전부 다 닳겠지만, 모든 피해량을 70%만큼 감소시키는 무지막지한 기본 고유 능력을 가진 진법이었던 것이다.

게다가 시전자가 자신의 마력을 소모하여 계속해서 내구력을 채워 넣을 수 있으니, 사실상 이 진법을 해제하기 위해서는 시전자를 처치하는 것이 가장 빠른 방법인 것.

그래서 보통 환영파혼진은 길드 단위의 다수를 한 번에 살리고자 할 때 가장 많이 사용된다.

파티 전체를 효과적으로 보호하며 재정비할 시간을 벌 수 있는 기술은, 이 환영파혼진 이상의 것이 없었으니 말이다.

'물론 이렇게, 특별한 상황에서 사용할 때도 있지만 말이야.'

이안과 눈이 마주친 류첸의 입꼬리가 점점 더 길게 말려 올라갔다.

그가 지금 기분이 좋은 이유는 제법 복합적인 것이었다.

우선 킬 포인트를 다섯 개나 삼킨 저금통(?)이 손아귀 안에 들어왔다는 것이 단연 첫 번째 이유였으며, 이 싸움이 제법 재밌을 것 같다는 것이 두 번째 이유였다.

류첸은 평소에도 PVP를 즐겨 하는 편인 데다, 마법사끼리의 전투를 가장 좋아하는 타입이었기 때문에.

처음 보는 종류의 마법사인 '정령 마법사'와의 전투에 흥미가 동할 수밖에 없는 것이다.

"재밌는 마법을 쓰는구먼그래."

대치 상황에서 슬쩍 입을 여는 류첸을 향해, 이안이 가볍게 대꾸하였다.

"그건 너도 마찬가지 아닌가?"

류첸이 이안에게 흥미를 느꼈듯, 그것은 이안 또한 마찬가지였다.

그가 사용하는 마계의 주술 또한, 결코 흔한 종류의 마법은 아니었으니 말이다.

게다가 한 가지 더.

'이 친구랑은 언젠가 한 번 더 싸워 보고 싶었는데 말이지.'

사실 류첸은 상상도 못 할 일이지만, 둘은 이미 구면이라 할 수 있었다.

중간계가 열렸던 초창기 시절.

신의 말판 최후의 전장에서, 마지막까지 혈전을 벌였던 상대였으니 말이다.

그리고 이러한 복합적인 상황이, 아이러니하게도 둘 사이의 밸런스를 맞춰 놓고 있었다.

사실 소환수들과 심판 장비들을 쓰지 않는 상황에서 이안이 류첸을 이기는 것은 불가능에 가까운 일이었지만, '정보의 차이' 때문에 가능성이 생긴 것이다.

이안은 류첸이 가진 고유 능력들을 대부분 다 꿰고 있었지만, 류첸은 눈앞의 정령 마법사가 이안인 줄은 꿈에도 모르고 있었으니 말이다.

게다가 한 가지 더.

류첸은 전투 내내 이 환영파혼진을 유지할 것이기에, 이 또한 제법 큰 페널티라 할 수 있었다.

파혼진은 계속해서 류첸의 마력을 갉아먹을 것이고, 그것은 류첸의 플레이에 많은 제약을 두니까.

'쉽진 않겠지만, 해볼 만하다는 거지.'

이안은 더욱 승부욕을 불태우며, 류첸을 향해 천천히 다가갔다.

그리고 그런 이안을 향해, 류첸이 커다란 칠흑빛 지팡이를 휘둘러 올렸다.

"악령소환진……!"

이어서 전장 곳곳에서, 붉게 빛나는 마수들이 소환되기 시작하였다.

—아, 류첸! 류첸이 등장했습니다!

—역시 지략가로 유명한 유저인가요? 이런 완벽한 타이밍에 완벽한 등장을 하다니요!

—그렇습니다! 조금 전까지만 해도 천웅 길드가 탈락하는 이변을 볼 수 있으려나 싶었는데……. 아무래도 그러기는 힘들겠군요!

해설자들의 목소리가 울려 퍼지는 사이, 수많은 마수들이 전장에 소환되었다.

케르베로스와 같은 중상급의 마수들부터 시작하여, '데빌 발록'과 같은 최상급의 강력한 마수들까지.

마수들은 이안을 향해 몰려가기 시작하였고, 그 장면을 보며 나지찬은 마른침을 꿀꺽 집어삼켰다.

'가장 소환술사같은 마법사와, 가장 마법사같은 소환술사……. 이렇게 재밌는 대결을 보게 될 줄이야.'

류첸의 클래스는 마법사 카테고리 안에 있는 마계 주술사였지만, 웬만한 소환술사보다도 더 강력한 소환 마법을 사용한다.

반면에 이안의 클래스는 분명한 소환술사였지만, 지금 이 순간만큼은 어지간한 대마법사 뺨을 후려칠 수준의 강력한 정령 마법사였다.

때문에 이 전장을 지켜보는 나지찬은 점점 더 기대가 커지고 있었다.

"자, 이안……! 이제 너도 소환을 시작하라고! 심판 검은 안 써도 좋으니까, 제발 소환이라도 좀 해 봐……."

류첸이 소환하는 강력한 마수들과, 이안이 소환하는 더욱 강력한 소환수들.

반대로 이안이 사용하는 강력한 마법들과, 류첸이 가지고 있는 더욱 강력한 주술 마법들.

절묘하게 비슷한 대칭 구도로 만들어진 지금의 상황에서 나지찬의 마음은 두 랭커들의 총력전을 보고 싶었던 것이다.

하지만 아쉽게도 이안은 나지찬의 바람에 부응해 주지 않았다.

우우웅-콰콰쾅-!

기존에 소환해 두었던 정령들과 함께 지팡이만을 휘두르며, 그 모든 마수들을 마법으로만 상대하기 시작한 것이다.

"어스 파이크!"

쿠콰쾅-!

"머쉬 퀘이크……!"

쿠르르르릉!

그리고 그 광경을 지켜보는 나지찬은 어이없는 표정이 될 수밖에 없었다.

'류첸이 등장했는데도, 마법만 쓰겠다고?'

이쯤 되면 이안의 자신감이, 거의 만용으로 보였으니 말이었다.

'자체 밸런스 조절이라도 하는 거야, 뭐야?'

훈이와 맺은 협약(?)의 내용에 대해 모르는 이상, 당연히 이렇게 생각할 수밖에 없는 것.

물론 이안이 소환수를 소환한다고 하여, 전투력이 그만큼 무조건적으로 증가하는 것은 아니었다.

소환수를 소환하고 운용하는 만큼 소환 마력이 빨려 나갈 것이고, 그렇게 되면 지금처럼 고대의 정령 마법들을 난사할 수 없을 테니 말이다.

하지만 그것과 별개로 이안이 소환수들을 소환했을 때, 최소 1.5~2배 정도 강력해지는 것만큼은, 누구도 부인할 수 없는 사실.

답답함과 흥미로움이라는 상반된 감정을 동시에 품은 채, 나지찬은 스크린에 계속해서 집중하기 시작하였다.

구구궁-!

-류첸이 데스 메테오를 소환했습니다! 아, 이걸 어떻게 막아 내려는 걸까요!

콰앙-!

-이, 이걸 리플렉션 실드로 막아 냅니다!

-곧바로 반격이에요!

-그렇습니다! 로터스의 정령 마법사가, 또다시 냉기 지옥을 뿜어내는 데 성공합니다!

-캐스팅 수 싸움에서 류첸을 이겼어요!

-류첸의……! 류첸의 마수들이 전부 다 얼어붙기 시작합니다!

해설자들의 목소리가 커지면 커질수록, 나지찬 또한 더욱 흥분하였다.

"그렇지! 그렇게 막아 내면……!"

-아, 하지만 여기서 디스펠이 터지는군요!

-마수들의 발목을 잡았던 얼음들이 그대로 녹아 버렸어요!

—류첸은 여기까지 보고 있었던 겁니다!

그리고 경기를 지켜보면 지켜볼수록, 나지찬은 감탄만 연발할 수밖에 없었다.

"와 씨, 류첸을 상대로 이렇게까지 한다고?"

전반적인 경기 내용 자체는 이안이 류첸에게 밀리고 있었지만.

오직 마법만을 사용했다는 사실을 감안한다면, 이미 이안의 압승이라 보아도 과언이 아니었으니 말이었다.

정령과 정령 마법만을 사용하는 이안의 전력은 본래 가진 전투력의 3~4할도 채 되지 않는 수준이었으니까.

그런데 경기를 지켜보며 이런저런 생각을 하던 나지찬은 순간 얼굴이 굳어 버렸다.

"잠깐, 근데…… 여기서 이안이 이기면 어떻게 되는 거지?"

팬으로서 순수히 이안을 응원하다가도, 결국 기획자로서의 고뇌가 떠올라 버렸으니 말이었다.

"하, 이안 저거…… 어떻게 혼자 격리시킬 방법 없나?"

이안이라는 플레이어가 있음에 팬으로서 감사하면서도, 그 고마움이 커질수록 기획자로서의 고통은 더욱 커지는 아이러니가 계속되는 것이다.

"후우…… 그래. 오늘만큼은 류첸을 좀 응원해도 괜찮겠지. 이안을 이길 필요는 없으니까, 제발 소환술이라도 꺼내

게 만들어 줘…….”

그리고 그렇게, 나지찬이 고뇌에 빠져 있던 그때.

-앗, 저 마법진은 뭔가요?!

-류첸의 앞에 갑자기 커다란 마법진이 나타납니다!

마치 나지찬의 이야기를 듣기라도 한 것인지, 류첸이 새로운 마법을 꺼내 들기 시작하였다.

고오오오-!

지금까지 마수들을 소환했던 마법진과는 비교조차 되지 않을 정도로 커다랗고 화려한 어둠의 소환 마법진.

캬아아오오!

이어서 그곳에서, 지금껏 단 한 번도 카일란에 등장한 적 없었던 거대한 마수가 모습을 드러내기 시작하였다.

우람하게 솟아오른 두 개의 거대한 뿔.

그 사이로 피어오르는 시뻘건 지옥의 연기.

온몸에 휘감긴 마염魔炎을 사방으로 뿜어내며 나타난 거대한 마수의 등장에, 또다시 콜로세움이 터져 나갈 듯 함성이 울려 퍼지기 시작하였다.

"와……!"

"대박이야!"

"미친! 수업 째고 여기 오길 잘했어!"

"크으으……! 발록이라니! 여기서 발록을 보게 되다니!"

마수에 대해 잘 모르는 유저라도, 한 번쯤은 무조건 봤을 수밖에 없는 마수들의 제왕, 발록의 자태.

한 번씩 움직일 때마다 시뻘건 마염을 더욱 격렬히 뿜어내는 발록을 보며, 유저들은 저마다 감탄을 터뜨리기 바빴다.

"시네마틱 영상에서나 보던 걸, 여기서 보게 될 줄이야."

"캬, 발록은 역시 오랜만에 봐도 간지가 철철 흘러넘치네."

"네가 발록을 언제 봤다고 아는 척이야?"

"날 설마 너랑 같은 뉴비라고 생각하는 거냐?"

"……?"

"난 마계 전쟁 에피 때도 참전했던 '랭커'라 이거야."

"아, 맞다. 너 그때 참전했었지."

"훗."

"랭커는 무슨, 짐꾼으로 참전했으면서."

"시끄러……."

하지만 이렇게 환호성으로 가득한 군중 사이에도, 의아한 표정인 유저들이 있었으니.

그들은 실제로 발록에 대해 잘 알고 있는 상위 랭커들이었다.

평범한 유저들이야 마수의 생김새를 확인한 순간, 그저 발록이라고 확신해 버렸지만, 상위 랭커들은 뭔가 다르다는 것을 처음부터 알 수 있었으니 말이었다.

"저거, 발록 맞아?"

"발록이 저렇게 커?"

"그럴 리가. 내가 발록만 수백 마리는 잡았을 텐데."

"그렇지? 내 눈이 틀린 게 아니지?"

"저거 절대로 평범한 발록이 아냐."

"그럼……?"

"나도 아직 본 적은 없는데…… 발록의 상위 개체가 아닐까 추측하는 중이야."

"상위 개체라면, 전에 이안이 소환하던 파괴의 발록?"

"놉. 파괴의 발록은 아냐. 그건 일반 발록과 비교했을 때 저렇게 월등히 거대하지 않아."

"그렇군."

류첸이 소환해 낸 거대한 발록은 평범한 발록 두셋을 합쳐 놓은 것만큼 거대한 덩치를 자랑하고 있었다.

그리고 그 거대한 덩치 덕에, 전장에는 더욱 극적인 그림이 펼쳐지고 있었다.

쿵-쿵-쿵-.

대전장 전체가 진동할 정도로 거대한 발소리를 내며, 서서히 이안에게 다가가는 발록.

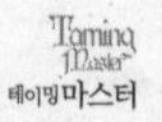

발록의 크기는 이안이 소환해 둔 정령들과 비교했을 때 압도적으로 거대한 거구였으며, 때문에 유저들은 더욱 흥미진진한 표정으로 전장에 집중하기 시작하였다.

과연 저 작은 정령들을 데리고, 정령 마법사가 발록을 어떻게 상대할지 몹시 궁금해졌으니 말이었다.

그리고 그 뜨거운 관심 속에서, 이안의 바로 앞까지 다가간 발록이, 천천히 입을 열기 시작하였다.

–크롸아아아……!

“…….”

–하찮은 인간. 소멸시켜 주겠노라!

자신의 머리 위에 드리워진 거대한 그림자를 보며, 이안은 속으로 침음을 흘렸다.

‘과연 류첸…… 신화 등급 발록을 소환하는 데 성공한 모양이로군.’

사실 류첸을 상대로 소환술과 심판 검을 꺼내 들지 않은 채, 지금까지 버텨 낸 것만 해도 거의 기적에 가까운 일이었다.

이안의 한계를 초월한 피지컬과 게임 전반에 대한 이해도.

그리고 류첸의 고유 능력들에 대한 정보가 아니었더라면,

절대로 불가능했을 퍼포먼스였으니 말이다.

그 때문에 이 거대한 발록의 등장은 사실상 외통수라 해도 과언이 아니었다.

누가 봐도 녀석의 전투력은 지금껏 류첸이 운용하던 마수들과 비교조차 할 수 없을 만큼 강대한 것이었으며, 이 녀석의 등장은 겨우 유지하고 있던 승부의 균형을 무너뜨리기에 충분한 것이었으니 말이다.

하지만 그렇다고 해서 이안이 포기한 것은 아니었다.

이 와중에도 이안은 침착하게 머리를 굴리기 시작하였으니까.

'후후, 이거 더 재밌어지는데?'

심지어 이렇게 극한의 위기 상황 속에서도, 오히려 싱글싱글 웃고 있는 이안!

그런 그를 향해, 류첸이 묘한 표정으로 입을 열었다.

"왜 웃는 거지?"

"맘대로 웃지도 못하냐?"

"이제 체념한 건가……?"

"그럴 리가."

"그럼 설마…… 아직도 날 이길 수 있다고 생각하는 건 아니겠지?"

"맞는데?"

"후후, 끝까지 재밌는 친구로군그래."

자신이 숨겨 왔던 '최종 병기'의 등장에도 전혀 위축되지 않는 이안을 보며, 류첸 또한 더욱 흥미진진한 표정이 되었다.

'대체 이런 놈이 어디서 튀어나온 거지?'

조금 자존심 상하기는 했지만, 눈앞에 있는 정령 마법사의 피지컬은 결코 자신의 아래가 아니었고, 이안이나 카이를 제외하고도 이런 랭커가 존재할 것이라고는 지금껏 상상해 본 적이 없었으니 말이다.

류첸은 지금 승패와 무관하게, 이 PVP 자체를 즐기고 있었던 것이다.

"경험해 보면 생각이 달라질 거야, 친구."

"그래?"

"이 녀석이 가진 힘은…… 정말 상상 이상이니까 말이야."

류첸의 자신감 넘치는 대사에, 이안은 다시 발록의 전신을 훑으며 감탄하였다.

'크, 확실히 신화 등급이라 그런가. 멋지긴 하네.'

하지만 그렇다고 해서 이안이 그저 감탄만 하고 있는 것은 아니었다.

그는 지금 류첸의 이야기에 맞장구쳐 주며, 일부러 시간을 끌고 있는 것이었으니 말이다.

뭔가 기습적인 공격을 하기 위해 마법을 캐스팅한다거나 하는 것은 아니었다.

다만 이안이 시간을 버는 이유는 발록을 분석하기 위해서였다.

'큰소리 뻥뻥 쳤으니. 한 방 제대로 먹여 줘야지.'

눈앞에 나타난 거대한 발록은, 어지간한 마수들을 싹 다 꿰고 있는 이안으로서도 완전히 처음 보는 종種의 마수였다.

하지만 한때 신화 등급의 발록을 연성하기 위해 갖은 노력을 퍼부으며 연구했던 이안이었기에, 발록의 외형에 드러나 있는 단서들로 녀석이 어떻게 만들어진 마수인지 짐작이 가능하였다.

'최소 3단. 아니 4단 연성으로 만들어진 녀석이야.'

마수 연성술은 기본적으로 두 마리의 마수를 연성하여 새로운 마수를 탄생시키는 능력이다.

하지만 두 마리라는 숫자는 최소 단위일 뿐이었으며, 상위 등급의 더 뛰어난 개체를 만들기 위해서는 못해도 세 마리 이상의 마수들을 조합하여 수많은 경우의 수를 경험해 보아야만 한다.

이안이 크르르를 탄생시킬 때 시도했던 것처럼 말이다.

그래서 이안은 알 수 있었다.

'역시 데빌드래곤이 핵심이었어. 발록에 데빌드래곤, 그리고 베히모스까지…… 이 셋은 확실하게 연성에 사용되었군.'

그때 탄생했던 다양한 실패작(?)들에 대한 데이터는 이안의 머릿속에 차곡차곡 쌓여 있었으며, 눈앞의 발록과 과거의 기억들을 대조시켜 보는 것으로, 녀석의 재료로 쓰인 마수들의 정보를 8할 이상 유추해 낼 수 있었던 것이다.

그리고 '마수 연성술'의 메커니즘에 대해 정확히 알고 있는 이안은 그 데이터들만으로 놀라운 정보를 알아낼 수 있었다.

어떤 재료가 어떻게 연성에 쓰였는지 추측하는 것으로, 눈앞의 발록이 어떤 수준의 스텟을 어떻게 분배 받았는지부터 시작해서, 어떤 고유 능력들을 가지고 있을지까지 유추해 낼 수 있었으니 말이다.

이것은 수많은 연구를 통해 이안이 알아낸 마수 연성술의 '3원칙'에 의거한 귀납적 추론이라 할 수 있었다.

1. 연성된 마수의 전투 능력 총합은 베이스가 되는 마수의 능력치를 기준으로 설정된다.

2. 연성된 마수의 전투 능력 분배는 첫 번째 재료로 들어가는 마수의 능력치 분배 비율에 따라 설정된다.

3. 연성된 마수의 고유 능력은 재료로 들어간 모든 마수들의 고유 능력 중에 상위 티어의 고유 능력부터 랜덤으로 승계되며, 재료로 '능력석'을 사용하였을 시 능력석에 담긴 고유 능력이 우선적으로 습득된다.

'그래 이거라면……! 충분히 판을 뒤집어 볼 수 있겠어.'

그렇게 짧은 시간 내에 분석을 마친 이안은 다시 움직이기 시작하였고.

타탓-!

이안의 움직임이 시작되자, 콜로세움은 다시 달아오르기 시작하였다.

-앗! 정령 마법사가 기습적으로 반격을 시작합니다!

-대체 저 무시무시한 발록을 상대로 어쩌려는 것일까요?

-어차피 다른 선택지는 없지 않습니까?

-하긴, 그도 맞는 말씀이네요. 어차피 류첸에게 모아 둔 승점을 헌납하지 않기 위해선…… 그를 잡는 방법밖에 없으니까요.

이안과 류첸을 제외하고도 다른 세 검투사들이 혈전을 벌이고 있었지만, 이미 해설진들부터 시작해서 거의 모든 관중의 시선은 두 마법사의 대결에 집중되어 있었으니 말이었다.

그리고 그렇게 다시 전투가 시작된 뒤.

-미친……!

-저럴 수가!

콜로세움은 또다시 관중의 경악 어린 탄성으로 물들기 시작하였다.

만약 이안의 계획을 누군가 알았더라면, 말도 안 되는 도박이라고 생각했을 것이었다.

이안이 추측해 낸 데이터가 그대로 들어맞았을 때에만 승산이 있는, 그야말로 리스크 덩어리의 계획이었으니 말이다.

하지만 이안은 놀랍도록 이 계획에 대한 확신이 있었다.

그리고 그것은 카일란의 그 누구보다도 마수 연성을 많이 해 본 그였기에 가능한 확신이라 할 수 있었다.

'영혼잠식…… 분명 그걸 쓸 거야. 그 타이밍을 노려야 해.'

이안이 이 상황을 타개하기 위해 생각해 낸 계획. 그 열쇠가 될 하나의 고유 능력. 그것은 바로 저 발록이 가지고 있을 '영혼잠식'이라는 고유 능력이었다.

영혼잠식

발록이 강력한 마력을 뿜어내어, 일시적으로 범위 내에 있는 허약한 대상의 영혼을 잠식시킨다.
피아 구분 없이 생명력이 5% 이하로 떨어진 대상에게 시전할 수 있으며, 잠식에 성공할 확률은 대상과 발록의 '지능' 능력치에 따라 결정된다.(발록의 지능/대상의 지능 * 100)%
지속 시간 동안 대상은 발록의 명령에 의해 움직이게 되며, 모든 공격 능력이 30%만큼 강화된다. 또, 발록이 사망할 때까지 '무적' 상태가 지속된다.
재사용 대기 시간 : 120분
지속 시간 : 30분

아직 발록과 싸워 보지도 않은 시점에서, 이안이 이 영혼잠식을 단서로 생각할 수 있었던 이유는 간단하였다.

이안은 저 거대한 발록을 연성해 내기 위해 들어간 재료를 8할 이상 짐작하고 있었고, 그 재료들의 고유 능력들까지도 전부 다 꿰고 있었기 때문에.

저 발록의 첫 번째 고유 능력 슬롯에 '영혼잠식'이 들어갔을 것임을 확신하고 있었으니 말이었다.

'영혼잠식보다 높은 티어의 고유 능력이 없으니, 능력석을 사용해 다른 능력을 삽입했다 해도, 영혼잠식은 무조건 남아 있겠지.'

그리고 이 영혼잠식이라는 고유 능력은 이안이 누구보다도 빠삭하게 꿰고 있는 고유 능력이었다.

그와 오랜 시간 함께해 온 소환 마수인 '크르르'의 첫 번째 고유 능력도, 바로 영혼잠식이었으니 말이다.

그 때문에 이안은 이 영혼잠식의 치명적인 약점을, 아주 정확하게 알고 있었고.

그 약점만 확실하게 이용할 수 있다면, 기울어진 이 판을 반대로 뒤집어 놓을 수 있다고 확신하고 있었다.

'변수는 단 하나…… 류첸이 영혼잠식을 쓰려고 하지 않을 경우인데…….'

이안의 이 계획이 성공하기 위해서는, 류첸이 무조건 이안에게 '영혼잠식'을 발동시켜야만 한다.

하지만 스킬 설명에서도 알 수 있듯, 사실 영혼잠식은 이렇게 일대일의 상황에서 유용한 스킬은 아니었다.

영혼잠식을 상대에게 쓸 수 있다는 말은 이미 상대를 빈사 상태로 만들었다는 이야기였으니, 보통 일대일에서는 쓸 상황이 잘 나오지 않는 것이다.

하지만 지금의 상황은 조금 특별하다.

일대일의 상황이면서도, 이 대결이 끝이 아닌 상황이었으니 말이다.

만약 류첸이 이안에게 영혼잠식을 사용할 수 있다면, 이안을 하수인으로 부려 가며 전장을 더욱 강력하게 지배할 수 있을 테니까.

'눈치채지 못하게, 의도적으로 각을 줘야겠어. 기회가 왔는데도 영혼잠식을 쓰지 않을 리는 없을 테니까.'

해서 이안은 전력을 다해 싸우면서도, 슬금슬금 자신의 생명력이 깎여 나가는 것을 용인하였다.

콰광-!

캬아아오오!

그리고 지금까지와 달리 이안의 생명력이 떨어지기 시작하자, 해설진들의 목소리가 점점 더 격양되기 시작하였다.

-아, 로터스의 마법사도 결국, 류첸을 넘지는 못하는군요!

-발록의 강력한 파괴력 앞에서, 점점 무너지기 시작합니다!

그리고 깎여 나가는 이안의 생명력을 보며, 류첸은 점점 더 의기양양한 표정이 되기 시작하였다.

"크흐흣! 아까의 패기는 어디로 간 것이냐!"

그의 눈에는 이안이 정말, 안간 힘을 쓰며 조금씩 무너지는 듯 보였으니 말이었다.

하여 그렇게, 10여 분 정도의 시간이 더 지났을까?

류첸의 두 눈동자가, 붉게 빛나기 시작하였다.

'흐흐, 좋아. 조금만 더……!'

이안의 생명력이 10% 밑으로 떨어진 것을 확인하고는 영혼잠식을 발동시킬 타이밍을 재기 시작한 것이다.

이어서 발록의 입김이, 이안의 한쪽 어깨를 관통한 순간.

"영혼잠식……!"

류첸의 입에서 칼 같은 오더가 떨어졌고.

크워어어-!

명령을 받은 발록의 양손에서, 시커먼 어둠의 사슬이 이안을 향해 뻗어 나갔다.

-저, 저게 뭔가요?

-발록의 상징인 영혼잠식입니다!

-역시 류첸……! 승리를 넘어 그 다음 수까지 내다보고 있었군요!

그리고 뻗어 나가는 그 어둠의 사슬을 보며, 류첸은 득의

양양한 표정이 되었다.

결코 피할 수 없는 완벽한 타이밍에 영혼잠식을 사용하였으니, 모든 것이 그의 계획대로 흘러갔다고 확신한 것이다.

하여 이안을 휘감기 시작한 어둠을 보며, 광소를 터뜨리는 류첸!

"크하하핫!"

하지만 류첸의 그 웃음은 결코 끝까지 이어질 수 없었다.

"……!"

어둠이 휘감기는 순간, 이안의 몸에서 새하얀 광채가 뿜어나왔으니 말이었다.

-'로터스' 길드의 '정예 검투사'가 고유 능력 '해제'를 발동시킵니다.

-'인페르널 발록'의 고유 능력, 영혼잠식이 발동합니다.

-인페르널 발록이 로터스 길드 '정예 검투사'의 영혼을 잠식합니다.

-'로터스' 길드 '정예 검투사'가 '무적' 상태가 되었습니다.

-해제 효과로 인해, 로터스 길드 '정예 검투사'의 모든 상태 이상이 해제됩니다.

-'로터스' 길드 '정예 검투사'의 '영혼잠식' 상태가 해제됩니다.

그리고 눈앞에 떠오른 메시지들을 확인한 순간, 류첸은 어이없는 표정이 될 수밖에 없었다.

"뭐……?"

발록의 기운을 받아 '무적' 상태가 된 이안이 어느새 씨익 웃으며 지팡이를 치켜들고 있었으니 말이었다.

'해제' 고유 능력은 랭커라면 대부분 하나씩 구비하고 다니는 고유 능력이었다.

원래대로라면 사제 클래스만이 가질 수 있는 능력이었으나, 고급 액세서리에 간혹 장비 고유 능력으로 붙어 있는 경우가 있었으니 말이다.

해제가 붙어 있는 액세서리는 다른 옵션이 아무리 나빠도 기본 2~3천만 골드부터 시작하는 초고가 아이템이었지만, 랭커들에게 가격이 문제는 아니었으니까.

그래서 이안이 해제를 사용했다는 자체는 별로 놀라운 일이 아니었다.

다만 '어떻게' 사용했느냐가, 모두를 경악하게 한 포인트라고 할 수 있었다.

-해, 해제가 터졌습니다!

-아니……! 이게 대체 어떻게 된……?

-분명, 영혼잠식이 먼저 발동했던 것 같은데요!

'영혼잠식' 상태는 캐릭터에 대한 모든 통제권을 잃은 상태라 할 수 있다.

어찌 보면 스턴이나 빙결, 공포 등의 군중제어기보다도, 한 등급 높은 최상급의 상태 이상 효과인 것.

그 때문에 당연히 영혼이 잠식된 상태에선 해제를 발동시킬 수 없다.

그렇다면 대체 이안은 어떻게, 해제를 사용할 수 있었던 것일까?

그 해답은 완벽한 '타이밍'에 있었다.

–예측한 거죠!

–예측요?

–발록이 영혼잠식을 발동시킬 타이밍을…… 아마도 예측해서 사용한 것 같습니다.

–아……!

모든 스킬은 발동되는 과정에서 각기 다른 딜레이delay를 가지고 있다.

그것은 스킬의 모션 때문일 수도 있고 이펙트 때문일 수도 있었는데, 마법사나 사제들이 사용하는 마법 계열의 스킬들이 보통 그 딜레이가 가장 긴 편이었다.

방금 이안이 사용한 해제 스킬의 경우, 대략 0.7~1초 정도의 딜레이를 가지고 있는 것.

그래서 간혹 랭커들의 매드무비를 보면, 스턴류의 행동 불능 스킬을 예측하며 미리 해제를 사용하는 경우가 존재했다.

행동 불능 상태가 걸리면 해제 스킬의 발동이 불가능하니, 반 박자 빠르게 예측하여 해제를 먼저 발동시켜 두는 것이다.

하지만 이것은 말 그대로 매드무비일 뿐.

실전에서 이 구조를 활용하여 예측 해제를 사용하는 것은, 사실상 이론상으로나 가능한 컨트롤이라 할 수 있었다.

상태 이상이 들어오는 타이밍을 0.7~1초 사이에 정확히 집어넣지 못하면, 역으로 당할 수밖에 없는 리스크가 높은 행동이었으니 말이다.

그래서 게임 이해도가 높은 해설진들조차도, 곧바로 상황을 이해하지 못했던 것이었다.

설마 실전에서, 그것도 이런 세계 무대의 준결승급 전장에서, 그 미친 짓(?)을 하는 유저를 보게 될 줄은 상상도 못 했으니 말이었다.

–해제 스킬은 모든 '해로운' 효과만 해제하는 스킬입니다.

–그렇죠. 그래서 영혼잠식은 해제되고, '무적' 상태만 남아 버렸네요.

–하…… 뭐라 더 이상 할 말이 없습니다. 온몸에 소름이 쫙 돋아 버렸어요.

—설마, 여기까지 계산하고 설계한 건…….

—그건 불가능하지 않을까요? 저 발록이 영혼잠식 스킬을 들고 있을지도 불확실한 상황에서……. 거기까진 아닐 것 같습니다.

—대체 저 마법사는 누굴까요? 경기가 끝나고 나면 알 수 있을까요?

—글쎄요. 지금까지 비밀 병기로 숨겨 뒀던 걸 보면, 로터스에서 쉽게 오픈해 줄 것 같진 않습니다만…….

그리고 모두가 경악하는 가운데, 상황은 완전히 역전되어 버렸다. '무적' 상태가 된 이안이 공격적으로 마법을 퍼부으며 류첸을 압박하기 시작했으니 말이다.

그 때문에 류첸은 이제, 선택의 기로에 놓이게 되었다.

"으드득……!"

30분이라는 지속 시간 동안 이안의 공격을 버티면서 계속 시간을 끌 것이냐. 아니면 발록을 소환 해제 하여 이안의 무적을 풀고, 발록 없이 다시 승부를 펼쳐 볼 것이냐.

그리고 이 두 가지 선택지 중 전자의 경우는 사실 선택이 불가능한 선택지라 할 수 있었다.

무적 상태인 이안을 상대로 30분 동안 시간을 끄는 것은, 류첸이 아니라 류첸 할아비가 와도 불가능한 것이었으니 말이다. 하여 아랫입술을 꽉 깨문 채, 어쩔 수 없이 발록을 소환 해제 하는 류첸.

우우웅—!

—아, 역시 발록을 소환 해제 하는군요!

—류첸으로서는 저 방법 말곤 다른 수가 없죠.

—이제 전투는 어떻게 흘러갈까요? 발록까지 소환하면서, 이제 류첸의 마력이 고갈 상태일 텐데 말이죠.

류첸은 이를 악문 채, 남은 모든 마력을 동원하여 최후의 공격을 이안에게 퍼붓기 시작하였고.

콰광—콰콰광—!

이안은 그에 전력으로 대응하였다.

"마이티 프로즌!"

"어스 파이크!"

퍼퍼펑—!

그리고 그 결과.

띠링—!

—'천웅' 길드에서 '교체권'을 사용하였습니다!

—'천웅' 길드의 '정예 검투사'가 다른 인원으로 교체됩니다.

—'로터스' 길드에서 '교체권'을 사용하였습니다!

—'로터스' 길드의 '정예 검투사'가 다른 인원으로 교체됩니다.

거의 동귀어진 상태가 되도록 마법을 주고받던 두 랭커는 결국 각 길드의 교체권을 소모하여 교체되고 말았다.

—아, 결국…… 두 랭커 모두 교체되고 마는군요!

—류첸을 상대로 결국 동률을 만들어 내다니! 로터스의 정령 마법사, 정말 엄청납니다.

—사실 정령 마법사의 승리로 보는 게 맞습니다.

—그런가요?

—몇 초 정도의 차이긴 해도 먼저 교체된 쪽은 류첸이었고……. 정령 마법사가 교체된 이유는 류첸 때문이 아니라 다른 길드 검투사들 때문이니까요.

—일리 있는 말씀이시네요.

그리고 이렇게 되자, 천웅 길드를 응원하던 중국 팬들의 좌석은 초상집 분위기가 될 수밖에 없었다.

류첸이 등장하면서 킬 포인트를 두 개 먹긴 했지만, 로터스의 마법사와 싸우는 사이 발러 길드가 치고 올라왔으니 말이다.

"이, 이러다가 떨어지는 것 아닐까?"

"말도 안 돼! 조 1위도 아니도 2위조차 밀린다고?"

물론 승점상으로는 아직도 천웅 길드가 미세하게 우위였으나, 발러 길드는 아직 아르케인도, 마크올리버도 등장하지 않은 상황.

류첸이 전장 후반부에 다시 재입장할 수 있음을 감안하더라도, 최악의 전황이라 할 수 있는 것이다.

한편 천웅 길드의 진영과는 완전히 반대로, 축제 분위기인 응원단들이 있었으니.

"크으……! 역시 로터스!"

"사실상 운명의 언덕 진출 확정이죠?"

"이미 조 1위 확정이죠?"

"류첸까지 잡았는데 노데스라니. 갓갓……!"

"이러다가 이안 없이도 우승하는 거 아님?"

"그나저나 저 마법사 대체 누구야?"

"우리 러블리안들도 모르는 카드가 로터스에 있었을 줄이야……."

그들은 당연히, 이안과 로터스를 응원하던 한국 서버의 응원단이었다.

그리고 또 하나 재밌는 건, 미국 서버 응원단들의 반응.

"역시 한국은 형제의 나라였어."

"크……! 믿었다고, 브로들!"

로터스 덕에 발러 길드가 어부지리를 얻었으니, 미국 서버의 응원단으로서는 신이 날 수밖에 없는 것이다.

-자, 아르케인……! 아르케인의 등장입니다!

발러 길드의 수뇌부는 기회를 놓치지 않고 에이스들을 투입하여 승점을 쓸어 담기 시작하였다.

먼저 마스터인 아르케인이 등장하여 깔끔하게 2킬을 올렸으며.

—류첸이 빠진 틈을 타, 아르케인이 나타났습니다!

—순식간에 킬 포인트 2포인트를 추가로 쓸어 가는 발러!

—간지훈이와 아르케인이 팽팽한 구도에서 맞서 싸웁니다!

—훈이가 아르케인을 제압했습니다!

—역시 훈이……! 아르케인이 불리한 상황이었다는 점을 감안해도 대단하군요!

아르케인이 아웃되자마자 곧바로 마크올리버를 투입하여, 조 2위를 확정 지은 것이다.

—마크 올리버! 올리버가 나타났습니다!

—훈이가 더 이상 버티지 못하고 아웃됩니다!

—아, 여기서 킬이 하나 더 나는군요!

—5데스입니다……! 호왕 길드가 가장 먼저 아웃됩니다!

—이어서 스콜피온! 스콜피온도 아웃이군요!

처음부터 끝까지.

단 한 순간도 눈을 뗄 수 없을 만큼, 흥미진진하게 흘러간 A조의 리그 경기.

하지만 경기의 중반 이후부터, 더 이상 이변은 일어나지 않았다.

—류첸, 류첸도 결국 아웃되고 맙니다!

—이미 멘탈이 완전히 흔들린 거죠.

—실수도 엄청 많았고, 이런 컨디션으로는 레미르를 절대로 이길 수 없죠.

—레미르가 소환한 지옥불이, 모든 경기를 종결짓습니다!

로터스는 훈이를 넘어 레미르의 선에서.

발러 길드는 아르케인과 마크 올리버를 넘어, 광전사 '세르난도' 선에서.

모든 경기를 마무리 하고, 각각 조 1, 2위를 확정 지었으니 말이었다.

—자, 이렇게 리그전 A조의 경기가 마무리 되었습니다!

—이제 운명의 언덕에 진출하는 로터스와 발러는 기사 대전 4위까진 확보한 셈이 되겠네요.

—오늘의 경기를 기대하신 분들이 많으셨을 텐데, 모두의 그 기대를 훌쩍 뛰어넘은 명경기였던 것 같습니다.

—그럼 저희는 잠시 후, B조의 경기로 돌아오겠습니다.

그리고 그렇게 '신비의 정령 마법사'를 탄생시킨 리그전 A조의 경기가 전부 마무리되었다.

A조의 경기가 누구도 예상치 못했던 '정령 마법사'라는 새로운 스타를 배출했다면, B조의 경기는 기존 스타들의 독무대에 가까운 전개로 흘러갔다.

칼데라스 길드의 마스터이자 미국 서버의 최강자, 대전사 카이를 시작으로, 세인트라이언 길드의 에이스인 요나스와 타이탄 길드의 마스터 샤크란까지.

각 길드의 최고 에이스들이 자웅을 겨루며, 팬들이 기대하고 예상했던 경기를 펼쳐 주었던 것이다.

물론 B조에도 예상치 못했던 전개가 아예 없었던 것은 아니었다.

칼데라스와 함께 가장 강력한 결승 진출 후보로 꼽혔던 다크블러드 길드가 맥없이 탈락해 버렸으니 말이었다. B조의 다섯 길드 중, 순위로 치자면 4위까지 추락해 버린 것.

이것은 팬들은 물론, 해설진들까지도 전혀 예상하지 못했던 결과라고 할 수 있었다.

—아, 요르간드, 루칼이 왜 저렇게 맥을 못 추죠?

-그러게 말입니다. 두 랭커들뿐만이 아니에요. 전반적으로 출전 인원 대다수가 기대에 못 미치는 전투력을 보이고 있습니다.

-컨디션 문제일 수도 있겠지만, 개인적으로 너무 아쉽군요.

-유럽 서버의 팬들이 실망이 크겠어요. 특히 요르간드에 대한 기대가 어마어마했을 텐데 말이죠.

하지만 알려지지 않았을 뿐, 이러한 결과는 사실 너무 당연한 것이었다.

이안에 의해 길드 에이스들의 전부 다 데스 페널티를 먹은 상태였으니, 본래 가지고 있던 전력의 5~10% 정도는 소실된 것이나 다름없었으니 말이다.

여하튼 이러한 상황들이 맞물려, B조의 경기 결과는 다음과 같이 결정되었다.

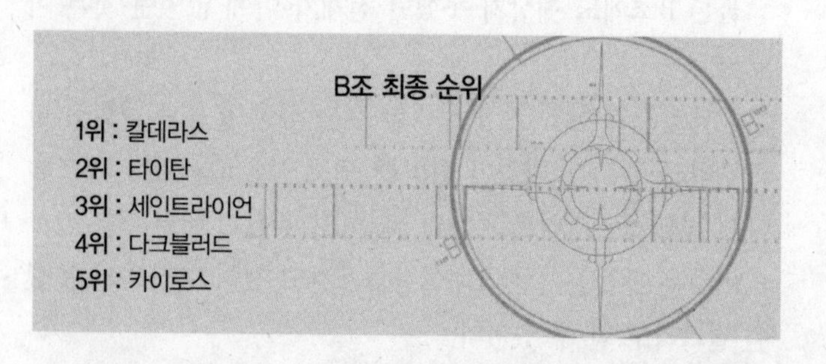
B조 최종 순위

1위 : 칼데라스
2위 : 타이탄
3위 : 세인트라이언
4위 : 다크블러드
5위 : 카이로스

혼자서 무쌍에 가까운 전투력을 보여 준 카이의 활약에 힘입어 칼데라스가 압도적인 1위를 기록하였으며, 그 아래서 마지막까지 혈전을 벌이던 타이탄과 세인트 라이언 중, 결국 타이탄이 결승 진출을 확정 지은 것이다.

하여 한국 서버와 미국 서버의 공식 커뮤니티는 완전히 축제 분위기가 되었다.

결승 리그의 네 팀이, 각각 한국과 미국의 두 팀이 되었으니 말이었다.

—로터스, 타이탄, 가즈아……!

—이대로 한국 서버에서 1, 2위 먹으면 되는 건가요?

—님, 진정하셈. 아무리 흥분했어도 칼데라스는 생각해야죠.

—하긴…… 아무리 행복 회로를 굴려 봐도, 타이탄이 칼데라스까지 잡을 수 있을 것 같진 않네요.

—크, 이제 결승에서 이안만 볼 수 있으면 완벽해!

—결승엔 어떻게든 나오겠죠. 사실 콜로세움에도 엔트리에는 들어가 있었잖아요?

—맞음. 이안까지 나설 필요가 없었던 것일 뿐.

—키야……!

그리고 바로 그날 저녁.

카일란의 전 세계 모든 공식 커뮤니티에 '운명의 언덕' 전장에 대한 공지가 일괄 오픈되었다.

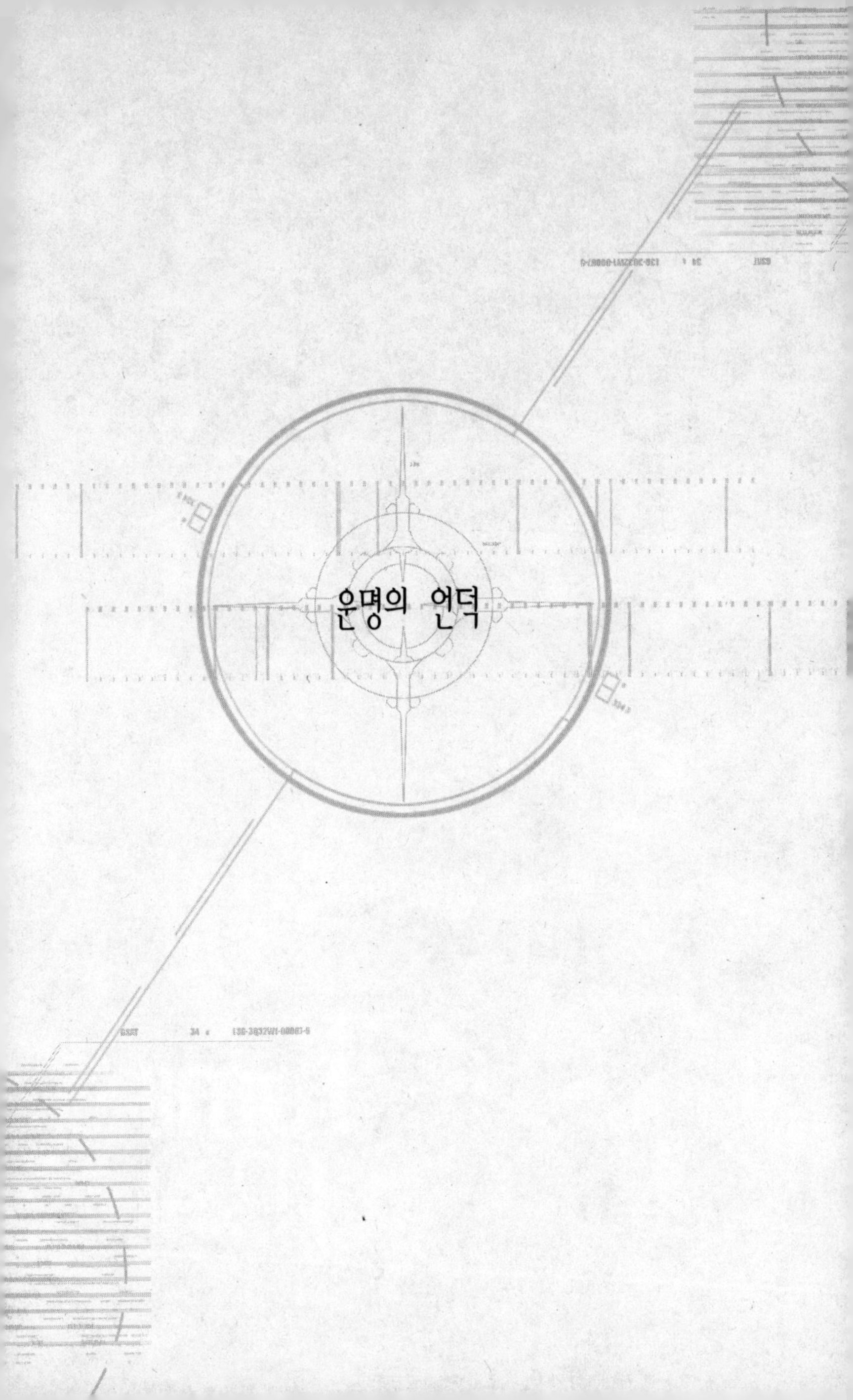

운명의 언덕

Taming
Master

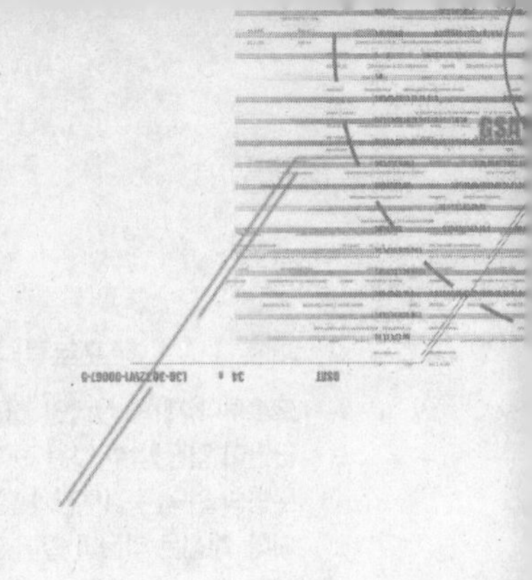

운명의 날이 밝았다.

사실상 기사 대전의 결승전이나 다름없는 최후의 전장 운명의 언덕.

카일란의 모든 팬들은 한국 시간 기준 22시가 되기만을 기다렸고.

그 이유는 당연히 '설렘' 때문이었다.

지금껏 단 한 번도 공개된 적 없는 '운명의 언덕' 전장의 룰과, 결승 리그의 진행 방식이 바로 그 시간에 오픈되니 말이었다.

그리고 이렇게 뜸을 들인 만큼, 운명의 언덕 전장에는 모두의 기대를 뛰어넘을 만한 흥미로운 내용이 담겨 있었다.

포르투나의 제2전장(운명의 언덕)

포르투나 제1의 전장인 '콜로세움 검투장'에서 살아남은 네 길드의 기사단만이 입장할 수 있는 전장입니다.(A조 둘, B조 둘)
운명의 언덕은 검투장과 달리 단일 기사단끼리의 기사단 대전으로 진행되며, 대진은 다음과 같이 결정됩니다.
A조 1위 vs B조 2위
B조 1위 vs A조 2위
경기는 운명의 언덕을 기준으로 동쪽과 서쪽에서 동시에 진행되며, 각 경기에서 승리한 두 팀이 운명의 언덕 정상에서 만나게 됩니다.
운명의 언덕 정상에 있는 두 개의 성을 전부 손에 넣은 기사단이 기사 대전의 최종 우승컵을 거머쥐게 됩니다.
……중략……
*참전하는 각 길드는 기사단원들을 포함하여 총 30명까지 입장이 가능합니다.
*만약 성이 전부 함락되지 않았더라도 '기사단장'이 사망한다면, 전장에서 패배하게 됩니다.

운명의 언덕 전장의 세부적인 룰은 콜로세움 때와는 비교하기 힘들 만큼 복잡하였다.

전장의 구조 자체가 새로운 콘텐츠나 다름없다 보니, 이런저런 세세한 요소들이 많은 것이다.

다만 그럼에도 불구하고 카일란의 기획팀이 대단한 이유는, 이 모든 복잡한 룰을 몰라도 경기를 즐기는 데 아무런 문제가 없다는 점이었다.

결국 언덕의 정상에 있는 두 개의 성을 함락시킨 팀이 우승한다는 이 하나의 명제로, 모든 경기를 설명할 수 있었으니 말이다.

복잡한 룰을 하나하나 분석하며 즐기는 하드한 유저들에게도 충분한 재미를 선사하면서.

그런 것들은 관심없는 라이트한 유저들도 충분히 재밌게 즐길 수 있는 콘텐츠.

운명의 전장은 바로, 그런 콘텐츠였다.

—역시 조 1위랑 2위가 먼저 엮이네.

—뭐, 그거야 거의 모든 스포츠 경기들도 이런 방식이지 않나?

—맞음.

—하, 아쉽네. 이러면 한국 팀끼리 먼저 붙어야 되잖아?

—그건 미국도 마찬가지잖음ㅋㅋ

—ㅋㅋ그러네.

—최후의 전투에서 한국 팀끼리 만나는 그림을 보고 싶었지만…… 어쩌면 이 그림이 나은지도 몰라요.

—하긴. 어쨌든 네 팀 중에 최약체가 타이탄이라는 것만큼은 사실이니…….

결승 리그까지 꽤 긴 시간 공백 기간이 있었던 것과 달리, 운명의 언덕 전장 일정은 곧바로 이어져 진행되었다.

어차피 모두 '포르투나'의 맵 안에서 이뤄지는 경기기도 하였으며, '결승 리그'라는 이름으로 함께 묶여 있기도 했으니 말이다.

하여 운명의 언덕 경기가 시작되는 시점은 콜로세움 전투가 끝난 바로 다음 날 오전.

그 때문에 공식 커뮤니티의 유저들은 이런저런 이야기들을 나누며 잠을 설치고 있었다.

—캬, 12시가 넘었는데 설레서 잠이 안 오네.

—저도요.

—마지막 경기인 만큼 제일 흥미진진하겠죠?

—참전 팀끼리 짜고 치는 그림만 나오지 않는다면요.

—짜고 친다니요?

—어차피 타이탄이 로터스를 이기는 건 불가능하고, 그보다는 가능성 있지만 발러 길드가 칼데라스를 이기는 것도 거의 힘들다고 봐야 하잖아요?

—그렇죠.

—그러니까 타이탄이나 발러가 상대 팀을 위해…… 일부러 쉽게 져 주는 그림이 나올 수도 있다는 거죠.

—그럴 이유가 있나요?

—먼저 언덕의 정상에 오른 기사단이 최후의 전투에서 훨씬 유리한 고지를 선점할 테니까요.

—아하?

—로터스나 칼데라스가 로비를 해도 이상하지 않은 상황인데, 게다가 양쪽 모두 같은 나라의 팀들로 구성되어 있으니…… 저는 살짝 걱정이 되네요.

경기에 대한 기대부터 시작해서 갖은 걱정들까지.

관심도가 높다 보니, 이런저런 이야기들도 많이 나오는 것이다.

—너무 걱정 마세요. LB사가 장사 하루 이틀 하는 것도 아니고…… 그런 가능성 정도는 사전에 차단해 뒀겠죠.

—하긴. 그도 맞는 말씀이네요.

하지만 그런 걱정들은 일부일 뿐.

역시 팬들이 가장 크게 기대하는 것은 자신이 응원하는 길드와 랭커들의 활약들.

—진짜 기사 대전 느낌 나겠네요.

—역시 일기토식 대전보단, 떼싸움이 재밌지.

그리고 그렇게 밤이 지나, 결전의 날 아침이 밝아오기 시작하였다.

일반 유저들이 결승 경기에 대한 기대로 밤잠을 설쳤다면, 참전 팀들은 새 전장에 대한 분석으로 밤잠을 설쳤다.

참전 멤버로 이름을 올린 대부분의 길드원들은 컨디션 조절을 위해 쉬었지만, 헤르스와 피올란 등의 수뇌부들은 마음 편히 쉴 수도 없었던 것이다.

다만 이안이나 훈이 등의 소수 길드원들에게서는 걱정이라곤 하나도 찾아볼 수 없었지만 말이었다.

—이안 : 분석할 것도 없네, 뭐.

—헤르스 : 음……?

—이안 : 그냥 빨리 이기고 빨리 올라가서 빨리 점령하면 끝이잖아.

—피올란 : 그렇게 말하니까 엄청 쉬워 보이네요.

—헤르스 : 하아…….

—간지훈이 : 어려울 게 뭐가 있어요. 내일은 제가 캐리합니다.

—레미르 : …….

물론 이안과 훈이의 걱정 없음은 그 결이 다르긴 하였다.

훈이는 걱정뿐만 아니라 생각(?)까지도 없는 느낌이었지만, 이안은 이미 경기의 모든 룰을 읽어 본 다음 나름대로 꼼꼼히 분석을 마친 상황이었으니 말이다.

'결국 전장에서 승리하기 위한 핵심은 수성전과 공성전을 어떻게 운용하냐는 건데……. 내성에 무슨 콘텐츠가 있는지는 공개되어 있지 않으니, 지금 더 고민할 것도 없지, 뭐.'

그래서 잠들기 전, 이안이 마지막으로 한 것은 대전사 카이가 참전했던 기사 대전 영상들을 한 번씩 돌려 보는 것이었다.

이안이 생각하기에 지금 시점에서 유일한 적수는 카이 하나뿐이었으니 말이다.

'역시 이 친구도, 모든 걸 보여 주진 않는 느낌이군.'

그리고 카이의 플레이를 볼수록 이안은 더욱 몸이 근질거리기 시작하였다.

'내일은 정말 재밌겠어.'

오랜만에 모든 것을 쏟아부을 준비가 된 이안은 히죽 웃으며 잠에 들었다.

―자, 여러분! 드디어 포르투나의 마지막 아침이 밝았습니다!

―그렇습니다! 전 세계 카일란 최고의 랭커들을 만나 보실 수 있는…….

비현실적으로 새파란 포르투나의 하늘에 캐스터와 해설진들의 목소리가 쩌렁쩌렁 울려 퍼진다.

한국 시간을 기준으로, 정확히 아침 9시에 열린 운명의 언덕.

전장이 열리자 가장 먼저 그 안으로 밀려든 것은 새벽부터 직관을 위해 기다리고 있던 수많은 카일란의 팬들이었다.

"캬, 밤새우길 잘했지."

"결승전 직관이라니, 행복하구먼."

아예 전투를 관전할 수 있는 좌석이 존재하는 콜로세움과 달리, 운명의 언덕에 그런 관람석은 존재하지 않는다.

다만 실질적으로 전투가 진행되는 지역의 바깥쪽에서는 어디서든 허공의 거대한 스크린을 통해 전투를 관람할 수 있었으니.

사람들은 마치 축제를 즐기듯 '운명의 언덕'에 몰려든 것이다.

순수히 경기를 즐기기 위해 온 팬들부터 시작해서, 세계 각국의 BJ들에, 심지어는 자녀들에게 끌려온 나이 지긋한 어르신들.

그리고 남자 친구의 손에 이끌려 따라온 여대생까지.

"우린 어느 쪽으로 가야 돼?"

"당연히 동쪽이지. 한국 경기 버리고 미국 경기 보러 갈 일 있어?"

"아하."

"동쪽 필드가 한국 팀끼리 붙는 전장이야."

"그럼 가서 아무나 이겨라 하면 되는 건가?"

"음…… 그렇긴 하지만…… 그래도 로터스를 응원하는 게 나을 듯."

"왜?"

"로터스가 올라가야, 최종 우승이 가능할 테니까."

"잘은 모르지만…… 그럼 로터스를 응원해야겠네."

어느새 카일란은 단순한 게임이 아닌, 남녀노소가 모두 즐길 수 있는 대중적인 콘텐츠가 되어 있었다.

-경기 시작을 5분 앞두고, 각 길드의 기사들이 모습을 드러내고 있습니다.

-먼저 타이탄 길드의 기사들부터 살펴보시면…… 왼쪽부터 차례대로 에밀리, 세이론, 알랑크라…….

-마지막으로 현 시점 한국 서버의 전사 클래스 랭킹 1위이자, 타이탄 길드의 길드마스터! 샤크란이 입장합니다!

"와아아-!"

타이탄 길드의 기사단 입장이 모두 끝나자, 전장에는 뜨거운 함성이 울려 퍼졌다.

모두의 예상을 깨고 최후의 전장까지 올라온 타이탄 길드에, 한국 팬들 뿐만 아니라 모든 유저들이 아낌없는 응원을 보낸 것이다.

하지만 이어서 로터스의 기사단이 입장하기 시작하자, 그 함성 소리는 더욱 커졌다.

—로터스! 드디어 로터스 길드의 기사단이 입장을 시작합니다!

—누가 뭐래도 이번 기사 대전에서 최강의 활약을 보여 주고 있는, 가장 강력한 우승 후보가 전장에 모습을 드러냅니다.

—레미르, 피올란, 훈이……! 아, 저기 오랜만에 레비아도 전장에 등장하는군요!

—그렇습니다. 지금까지는 일인대전의 특성상 사제 클래스의 얼굴을 보기가 힘들었는데, 기사단 전투가 되니 역시나 곧바로 엔트리에 들어오는 레비아!

—역시 로터스인가요. 누구 하나 만만해 보이는 멤버가 없습니다.

—타이탄은 과연 이 로터스를 상대로, 얼마나 재밌는 경기를 보여 줄지!

각각 서른 명으로 구성된 기사단이 전장에 마주 서자, 분위기는 더욱 무르익었다.

점령전인 최후의 전투와 달리 섬멸전인 1차전에는 다음과 같은 세부 룰이 적용되고 있었다.

1. 누적 킬 포인트 50킬을 먼저 달성하거나 상대 기사단장을 먼저 처치한 길드가, 전장에서 승리합니다.

2. 전장에서 사망한 기사는 정해진 자리에서 5분 뒤에 부활합니다.(기사단장 제외)

3. 귀환, 순간 이동 등의 공간 이동이 가능한 아티팩트를 제외하고는 모든 소모성 아이템을 전부 사용할 수 있습니다.

……후략…….

그리고 이 룰만 봐도 알 수 있듯.

운명의 언덕 첫 번째 전투는 말 그대로 기사단끼리의 진검승부라 할 수 있는 경기였다.

–잠시 후, 운명의 언덕 기사 대전이 시작됩니다.

–경기 시작까지 남은 시간 : 179초

……중략……

–남은 시간 : 13초

–남은 시간 : 12초

……후략…….

시스템 메시지와 함께 전투 시작 시간이 다가오자, 소란스러웠던 장내는 점점 조용해지고.

저벅–저벅–.

각 기사단의 두 기사단장이 앞으로 나서며, 모두의 시선이 그곳으로 집중되었다.

"오랜만이네요, 샤크란 아재."

"후후, 이렇게 마주하는 건 거의 몇 달 만인가?"

"아마도 그쯤 됐죠?"

오랜만에 만난 서로를 보며, 반가운 표정이 된 이안과 샤크란.

"그나저나 그 아재 소리는 이제 그만할 때 안 됐냐?"

"아재한테 아재라 하지 그럼 뭐라 합니까?"

스르릉—!

이안을 향해 검을 치켜든 샤크란이 씨익 웃으며 대답하였다.

"오늘 내가 이기면, 이제부터 아재 아니고 형님인 거다."

이어서 그 말에 이안이 피식 웃으며 마주 검을 뽑아 들었다.

"흐흐, 영원히 아재라고 불러 드리죠."

그리고 그렇게.

—남은 시간 : 1초

띠링—!

—포르투나, 운명의 언덕 전투가 시작됩니다!

"와아아아-!"

모두가 기다렸던 기사 대전 최후의 전투가 화려하게 막을 올렸다.

사실 기사 대전이 열린 뒤로 지금까지, 이안이 기사 대전에 무척 소홀했던 것은 반박할 수 없는 사실이었다.

하지만 그것이 결코, 기사 대전 자체를 경시하거나 중요치 않다 생각해서 그런 것은 아니었다.

다만 이 최후의 전투 이전까지는 자신의 힘이 크게 필요치 않다 생각했기 때문이었다.

'어차피 나 없어도 올라갈 거, 에픽 퀘 진행이 훨씬 더 이득이었지.'

그리고 그러한 계산 덕에 이안은 많은 부분 이득을 얻을 수 있었다.

고대의 정령술부터 시작해서 신화 등급의 초월 지팡이. 거기에 퀘스트 진행 한정이긴 하지만, 정령왕과의 계약까지.

게다가 이런 실질적인 이득만이 이안이 얻은 것의 전부는 아니라고 할 수 있었다.

이안은 기사 대전에 모습을 드러내지 않음으로써 타 길드에 본인에 대한 정보를 차단하는 최고의 이점을 얻을 수 있었으니 말이다.

스릉-척-!

이안에게는 손에 들려 반짝이는 최강의 검, 세 자루의 '심판 검'을 비롯하여, 아직 공식적으로 알려지지 않은 많은 무기들이 있었으니까.

"차핫-!"

"대형 유지!"

"딜러부터 보호해!"

그리고 그 숨겨 뒀던 것들을 하나씩 꺼내 들기 시작한 이안은 거대한 존재감을 뿜어내기 시작하였다.

-아, 역시 용기사단인가요!

-그렇습니다!

-타이탄 길드로서는 아쉬울 수밖에 없는 상황이네요!

-아무래도 그럴 수밖에요. 시간이 한 달 정도만 더 있었어도, 타이탄 길드도 용기사단을 창설할 수 있었을 테니 말이죠.

-전력만 해도 로터스에 밀리는 상황인데, 기사단 효과까지 밀리니…… 이건 너무 순식간에 무너지는군요!

운명의 언덕은 사실상, 거의 모든 제약이 최소화되어 있는 전장이었다.

그 때문에 기사단 효과를 받고 싸울 수 있는 것은 너무도 당연한 이야기.

'용맹기사단'에 불과한 타이탄 길드의 기사들이 비룡을 타고 날뛰는 로터스 길드를 당해 낼 수 있을 리 만무한 것이다.

용맹기사단

*설립 조건
–'중간자' 이상의 위격을 가진 구성원 20인
–'전설' 등급 이상의 '준마' 20필 보유
–'신화' 등급 이상의 수호신수 등록
–'기사' 클래스를 가진 구성원 5인 이상
–'전사' 클래스를 가진 구성원 5인 이상
–'궁사' 클래스를 가진 구성원 5인 이상
–초월 레벨 50레벨 이상인 '전사' 클래스의 '유저'를 '기사단장'으로 임명
*용맹기사단 버프 효과
–'용맹기사단' 소속의 파티원 전원 공격력+50%, 방어력−20%
–'용맹기사단' 소속의 파티원 전원 이동속도+20%
–함께 있는 '용맹기사단' 소속의 파티원 숫자에 비례하여, '용맹기사단장'의 모든 전투 능력이 추가로 증가(한 사람당+3%)
……중략……

천룡기사단

*설립 조건
–'중간자' 이상의 위격을 가진 구성원 20인
–'전설' 등급 이상의 탑승 가능한 '드래곤' 20마리 보유
–'신화' 등급 이상, '천룡' 이상의 위격을 가진 드래곤 종족 소환수를 수호신수로 등록
–'기사' 클래스를 가진 구성원 5인 이상
–'(흑)마법사' 클래스를 가진 구성원 4인 이상
–'사제' 클래스를 가진 구성원 3인 이상
–'소환술사' 클래스를 가진 구성원 2인 이상
–초월 레벨 70레벨 이상인 전투 클래스의 '유저'를 '기사단장'으로 임명

*천룡기사단 버프 효과
–'천룡기사단' 소속의 파티원 전원 모든 전투 능력치+30%
–'천룡기사단' 소속 모든 드래곤의 공격력 45%만큼 상승
–'천룡기사단' 소속 모든 드래곤의 '브레스' 계열 고유 능력 재사용 대기 시간 50% 감소
–'수호신수로 등록된 드래곤'의 속성과 같은 속성의 마법을 사용할 시, 위력 30%만큼 증가
……후략…….

기본적으로 버프 성능의 차이도 차이였지만, 가장 치명적인 것은 '탈 것'의 성능 차이.

–아아, 이안의 비룡이 강력한 숨결을 내뿜습니다!

–단번에 타이탄 길드의 기사 셋이 아웃됐어요!

–아니, 저 비룡은 대체 뭔가요? 다른 비룡들이랑 생김새가 좀 다른데요?

–아마도 비룡의 상위 개체인, 철갑신룡인 듯 보입니다.

–역시 세계 랭킹 1위의 소환술사인가요? 탈것마저도 신화 등급의 용족 소환수로군요!

타이탄 길드의 기사들이 타고 있는 말들도 평범한 말이 아닌 '신수'들이었으나, 드래곤에 비할 바는 아니었던 것이다.

그나마 샤크란을 비롯한 몇몇 단원들이 비행 가능한 신수

인 '유니콘'을 타고 있었기에 망정이지.

그렇지 않았더라면 이보다 더욱 일방적인 전투가 될 뻔한 상황이라 할 수 있었다.

—현재 스코어 35 대 7! 점점 스노우볼이 구르기 시작합니다!

—그렇습니다. 이제 전투 가능 인원 차이도 거의 두 배는 되는 것 같아요.

—역시나 이대로, 로터스의 승리가 결정되겠죠?

그리고 상황이 이렇게 되자, 타이탄 길드에서 선택할 수 있는 선택지는 단 하나.

무리해서라도 이안을 직접 노리는 것이었다.

—앗! 샤크란이 갑자기 말머리를 돌려 어디론가 향합니다!

—아, 이안에게로 향하는군요!

어차피 스코어 차이가 극복할 수 없는 수준이 되었다면, 이제 역전을 위해 남아 있는 선택지는 기사단장인 이안을 처치하는 것뿐이었으니 말이다.

"자, 오랜만에 놀아 볼까?"

샤크란의 목소리가 들리자, 이안의 고개가 휙 하고 돌아갔다.

"좋죠."

사실 다 이겨 놓은 상황에서 샤크란의 도발에 응수하는 것은 전략적으로만 놓고 봤을 때 좋은 방법이 아니었지만, 이안은 기꺼이 검을 들고 샤크란의 도발을 받아 주었다.

-아앗! 이안과 샤크란이 맞붙기 시작합니다!

-로터스 입장에서는 싸워 줄 이유가 전혀 없는데요!

-이건 팬 서비스인가요?

-아니면 자신감일수도 있겠죠.

경기를 지켜보던 카일란의 팬들로서는 더없이 행복할 수밖에 없는 상황!

"캬, 역시 이안 클래스!"

"그렇지! 이렇게 끝나 버리면 노잼이지!"

하지만 기대에 찬 팬들의 표정이 경악으로 바뀌는 데까지는 그리 오랜 시간이 걸리지 않았다.

"……?"

이안과 샤크란의 전투가 끝나는 데까지 걸린 시간이 길지 않았으니 말이었다.

"어, 어어……?"

"미친!"

이안의 주변에 떠오른 세 자루의 심판 검이 하얀 빛을 내

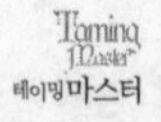

뿜은 순간.

콰쾅-콰콰쾅-!

거대한 심판의 번개가 전장 전체를 뒤덮었으니 말이다.

각각 동쪽과 서쪽으로 나뉜, 운명의 언덕 두 곳의 전장.

그 때문에 대부분의 게임 방송에서는 최초로 분할 화면을 통한 경기 중계를 진행하고 있었다.

좌측에는 로터스 길드와 타이탄 길드의 경기를.

우측에는 칼데라스 길드와 발러 길드의 경기를.

기본적으로 동시에 띄워 놓은 채, 번갈아 양쪽 화면을 확대하며 진행하는 것이다.

그리고 굳이 이렇게 하는 데에는 당연히 이유가 있었다.

이 전장에서 최후의 승자가 정해지는 데에는, 실시간으로 양쪽의 경기가 어떻게 진행되는지를 확인하는 게 중요한 포인트였으니 말이었다.

그 때문에 각 게임 방송의 해설진과 캐스터들은 침이 마르다 못해 숨이 넘어가는 것을 느끼고 있었다.

운명의 전장 안에서 직관하는 유저들을 상대로 해설하는 해설자들이야 각각 맡은 경기만을 해설하고 있었지만, 게임 방송을 통해 송출되는 TV는 두 화면을 동시에 해설해야 했으니 말이다.

—칼데라스! 칼데라스가 발러를 압도하기 시작합니다!

—칼데라스 용기사단의 마룡들은 이번에 처음 등장하는 전력이지요?

—그렇습니다! 아마도 오늘 이 순간을 위해서, 마룡기사단의 존재까지도 철저히 숨겨온 듯합니다!

—말씀하시는 사이! 이안과 샤크란의 일기토가 시작되었어요!

—어엇, 이안이 그에 곧바로 응수합니다!

—와아앗!

—로터스와 타이탄! 그리고 칼데라스와 발러!

—어느쪽이 먼저 승부가 결정 날까요?

—확실한 건 양쪽 전장 모두, 얼마 남지 않았다는 겁니다.

—카이! 카이의 검에서 거대한 어둠의 폭풍이 뿜어 나옵니다!

—아르케인이 어떻게든 막아 보려 하지만 역부족이에요!

—올리버는 뭐 하고 있나요!

—크리스와 알파인이 올리버를 완전히 묶어 둡니다!

정신없이 확대되었다가 분할되었다가를 반복하는 양쪽 전장의 숨 막히는 화면들.

그 화면은 전 세계 수억 명의 시청자들의 손에 땀을 쥐게 만들고 있었다.

–칼데라스! 칼데라스가 먼저 50번째 킬을 달성합니다!

–운명의 봉우리로 향하는 서쪽의 등천문이 먼저 열렸습니다!

–앗! 말씀하신 바로 그 순간! 이안의 검에 샤크란이 쓰러집니다!

–거의 동시에 동쪽의 등천문도 오픈됩니다!

더 이상 눈치 볼 것 없는 마지막 전장에 이르자 처음부터 강력한 우승 후보였던 로터스와 칼데라스는 어마어마한 전투력을 보여 주었다.

기사 대전에 처음 등장한 이안의 전투력이 경악스러운 것도 사실이었지만, 카이 또한 지금까지보다 훨씬 더 강력한 힘을 보여 주기 시작한 것이다.

게다가 대인전투가 아닌 팀 전투였기 때문에, 두 랭커는 더욱 돋보일 수밖에 없었다.

정상급의 길드원들이 전폭적인 지원을 하며 전투를 서포팅해 주니, 더욱 거침없이 전장을 휘저을 수 있었던 것이다.

하여 첫 번째 전장이 마무리되는 데까지 걸린 시간은 양쪽 모두 30분 이내.

비룡을 탄 로터스의 기사단원들과 마룡을 탄 칼데라스의 기사단원들은 빠른 속도로 운명의 언덕을 오르기 시작하였다.

“동쪽 성을 먼저 점령해야, 선공권을 확보할 수 있어.”

“의도적으로 수성하면서 칼데라스의 힘을 빼놓는 건?”

“아냐. 그러다가 한번 틈이라도 생기면, 그대로 끝날지도 모른다고."

언덕길을 따라 날아오르는 동안에도 쉴 새 없이 대화를 하며 의견을 나누는 이안과 헤르스.

그런 그들의 눈앞에 하얀 벽돌로 지어진 거대한 성城이 모습을 드러내었고, 이안은 당황할 수밖에 없었다.

"뭐야, 저렇게 크다고?"

고작 30 대 30으로 진행되는 공성, 수성전을 수행하기에는 성채가 생각보다 너무 거대했으니 말이었다.

온통 새하얀 빛으로 둘러싸인 거대하고 웅장한 성채.

이곳을 점령하는 방법은 생각보다 간단하였다.

성채의 중앙에 있는 첨탑에 기사단의 깃발을 꽂아 넣으면 되는 것이었으니 말이다.

다만 방법이 간단할지언정, 그것이 쉽다는 얘기는 아니었다.

아직 아무도 점령하지 못한 중립 지역이라 하더라도, 아무도 지키지 않는 비어 있는 성은 아니었으니 말이다.

"도전자여, 그대들의 능력을 증명하라……!"

"기사도가 무엇인지, 지금부터 보여 주도록 하지!"

차원의 마법사들과, 기사들. 그리고 수백이 넘는 차원 병사들.

운명의 봉우리에 솟아 있는 두 개의 성은 강력한 중립 NPC들이 지키고 있었던 것이다.

—와앗! 성을 지키고 있는 NPC들의 레벨이 무려 130입니다!

—병사들의 레벨이 130이고, 기사들은 거의 150레벨이에요!

—로터스, 칼데라스로서도 결코 쉽게 생각할 수 없겠는걸요?

—과연 이게 적정 난이도일지……! LB사에서 랭커들을 너무 고평가한 것은 아닐지 걱정됩니다.

그리고 차원의 병사들을 발견한 이안은 무척이나 흥미로운 표정이 되었다.

'오호, 이것 봐라?'

당연히 성을 점령하는 데에는 별다른 공수가 들지 않을 것으로 짐작하고 있었는데, 이안으로서도 의외의 상황이 발생한 것이었으니 말이다.

'방패 병사에 궁수, 거기에 마법사까지…… 저 커다란 골렘은 탱커인 것 같고. 이거 병력 구성도 은근히 탄탄하잖아?'

중립 병력의 전력에 대해 빠르게 분석을 마친 이안은 기존의 계획을 조금 수정해야만 했다.

원래대로라면 그대로 밀어붙여 깃발을 꽂아 버릴 생각이었지만, 그렇게 무리했다가는 돌이킬 수 없는 상황이 될 수도 있음을 깨달은 것이다.

병사들의 레벨도 레벨이었지만, 수적 열세가 더 큰 위험 요소였던 것.

하여 이안은 조급한 마음을 버리고, 천천히 중립 NPC들을 공략해 나가기 시작하였다.

"다들 저공 비행으로 접근해! 대공포에 잘못 맞으면 그대로 끔살이니까!"

"기사들이 어그로 끌어 주면, 마법사부터 먼저 저격하자고!"

그리고 서서히 성채 공략이 진척되기 시작하자, 이안은 재밌는 사실을 한 가지 알아낼 수 있었다.

'NPC들 주제에 수성 전략이 제법이잖아? 어라, 그러고 보니 저기……!'

첫 번째 외성을 넘어 성벽 위로 올라서자, 성 안쪽에서 병력을 생산하는 특이한 건물들을 발견할 수 있었던 것이다.

그리고 그것을 확인한 순간, 이안의 머리가 빠르게 회전하기 시작하였다.

'아하, 성채가 왜 이렇게 큰가 했더니…… 이제야 어떤 식으로 굴러가는 전장인지 알 것 같네.'

포르투나 최후의 전장은 단순히 30인의 랭커끼리의 힘 싸움이 아닌, 또 하나의 거대한 전장이었던 것이다.

좌라락-!

-'포르투나의 차원 병사'에게 치명적인 피해를 입혔습니다!

-'포르투나의 차원 병사'의 생명력이 전부 소진되었습니다.

-'포르투나의 차원 병사'를 성공적으로 처치하셨습니다!

-'포르투나의 차원 병사'를 성공적으로 처치하셨습니다!

……후략…….

이안의 검이 허공을 가를 때마다 너덧의 차원 병사들이 우수수 쓰러진다.

그리고 그 광경은 누구에게나 경악스러울 수밖에 없는 것이었다.

마치 짚단처럼 쓰러지고 있는 저 중립 NPC들의 레벨은 최소 130레벨이었으니 말이었다.

"뭐야, 저게 가능해?"

"미친……?"

"혹시 레벨만 130인 거 아닐까? 스텟은 훨씬 낮을지도 몰라."

"그렇다고 하기엔, 다른 랭커들이 너무 고전하는데……."

허공의 스크린을 통해 전장을 지켜보던 유저들은 화면 속의 이안에게서 한시도 눈을 떼지 못하였다.

놀랍다 못해 비현실적인 광경이 눈앞에 펼쳐지고 있었으니 말이다.

그리고 놀란 것은 관중뿐만이 아니었다.

흥분해서 해설하던 해설진들조차도 일시에 말을 잃어버렸을 정도이니 말이다.

—아, 중립 몬스터의 난이도가 너무 높은 건 아닌지 걱정했던…… 제 입이 원망스럽네요.

—이럴 수가 있습니까? 지금껏 저희들도, 랭커들의 수준을 제대로 알지 못했었나 봅니다.

—이안도 이안이지만, 몇몇 돋보이는 랭커들이 있네요.

—레미르는 어떻게 저런 고위 광역 마법을 난사하듯 사용하는 걸까요? 마나가 무한이라도 되는 걸까요?

—이안의 소환수들 좀 보세요. 저 시뻘건 드래곤은 혼자서 어지간한 랭커보다 전투 기여를 많이 하고 있어요!

당황한 탓인지, 해설진들의 대사는 더 이상 해설이라고 하기 민망한 수준이 되어 있었다.

그저 평범한 유저들과 다름없이, 로터스와 칼데라스의 활약에 당황하고 놀랄 뿐.

하지만 해설진들의 그런 추태(?)에도 불구하고, 그것을 지적하거나 불만스러워하는 유저는 아무도 없었다.

각 30인으로 구성된 기사단원들이 수백의 차원 병사들을 밀어붙이고 있는 모습을 보고 있노라면, 그저 감탄만이 터져 나올 뿐이었으니 말이다.

정확히 말하자면 전장의 화면에 모든 정신이 집중된 나머지, 해설진들이 뭐라는지 제대로 인지조차 하지 못한다는 것이 정확한 표현일 터였다.

—이, 이대로 조금만 더 밀어붙이면, 로터스가 성을 점령할 듯 보입니다!

—아아! 유신이 드디어 내성을 넘었어요! 발 빠른 카윈이 깃발을 들고 달리기 시작합니다!

—레미르가 발동시킨 헤이스트가 카윈의 이동속도를 더욱 가속합니다!

—앗, 위험해요! 차원 마법사들이 타깃을 카윈으로 변경했어요!

—말씀하신 순간! 이안! 이안이……!

—이안의 불화살이 마법사들을 정확히 쓰러뜨립니다!

—이건 미친 팀플레이에요!

하지만 이렇게 정신없는 상황 속에서도 무척이나 침착한 인물이 있었으니.

그것은 다름 아닌, 이 폭풍의 가장 중심에 서 있는 이안이었다.

지금 이안은 사실상 이 전장의 모든 그림을 그리고 있는 키맨Key Man 이었으니 말이다.

띠링-!

-'포르투나의 차원 기사'를 성공적으로 처치하였습니다!

-'로터스' 길드의 기사단이 공용 재화 '차원력'을 50P만큼 획득하셨습니다.

-'포르투나의 차원 병사'를 성공적으로 처치하였습니다!

-'로터스' 길드의 기사단이 공용 재화 '차원력'을 8P만큼 획득하셨습니다.

-'로터스' 길드의 기사단이, 공용 재화 '차원력'을 11P만큼 획득하셨습니다.

……후략…….

'이제 어떻게 움직여야 할지…… 확실히 알겠어.'

떠오르는 시스템 메시지들을 확인한 이안이 씨익 웃으며 속으로 중얼거렸다.

성채를 거의 점령한 지금, 전장에서의 승리를 위한 그림을 거의 다 그릴 수 있었으니 말이다.

'중요한 건, 운영이었어.'

그리고 이안이 이런저런 생각을 떠올리는 사이.

띠링-!

—'로터스'의 기사단원 '카윈'이 망루를 점령하는 데 성공하였습니다!

—동부 성채의 망루에 '로터스' 길드의 깃발이 꽂혔습니다.

—'로터스의 기사단'이 동부 성채를 점령하는 데 성공하였습니다!

드디어 고지를 점령했다는 기분 좋은 메시지가 포르투나의 전장에 울려 퍼졌다.

—로터스가 칼데라스보다 먼저 성채 점령에 성공합니다!

—한발 앞서 나가는 로터스!

그리고 메시지가 울림과 동시에, 동쪽 진영에서 응원 중이던 관중이 커다란 함성을 터뜨렸다.

"와아아—!"

첫 전투에서는 간발의 차이로 늦었던 로터스가 다시 칼데라스의 페이스를 역전한 셈이었으니, 승기가 기울고 있다고 생각한 것이다.

—이렇게 되면, 이제 선공권은 로터스에게 있죠?

—로터스는 이 기세를 몰아, 빠르게 서쪽 진영으로 진출해야 합니다!

—빠르게 움직인다면, 칼데라스의 허점을 파고들 수 있어요!

하지만 이 전장의 지휘관인 이안의 생각은 해설진을 비롯한 관중의 생각과 좀 달랐다.

전장이 이제 마지막을 향해 달려가고 있다고 생각하는 그들과 달리, 이안은 알고 있었으니 말이다.

'이제 시작이지.'

운명의 언덕 최후의 전투의 막이 이제야 본격적으로 올랐음을 말이었다.

'운명의 언덕' 전장에 대한 공지에 세부 룰에 대한 내용이 공식적으로 업로드되었을 때, 이안은 그 내용을 확인하면서 조금 의아하다고 생각했었다.

사실상 지금껏 있었던 모든 이벤트 중 가장 대규모로 진행된 이벤트가 바로 이 기사 대전인데, 그 마지막 전투가 생각보다 단순한 구조로 짜였다고 느꼈으니 말이다.

하지만 막상 성채를 점령하면서 전장에 대한 이해도가 올라오기 시작하자, 이안은 기획팀의 의도를 알아챌 수 있었다.

공지에는 언급되어 있지 않던 수많은 요소들이 현장에서 하나하나 드러나기 시작했으니까.

'콘텐츠에 대한 실시간 대응 능력을 보고 싶었던 건가?'

전장에 입장하기 전, 플레이어들이 알고 있던 정보는 무척이나 단순했다.

언덕 정상에 두 개의 성채가 존재하며, 그 두 성채를 전부 점령한 팀이 최후의 승자가 된다는 것이 유일한 정보였으니 말이었다.

하지만 전장에서 이안이 알아낸 핵심적인 정보들은 머릿속에 그리고 있던 전투 양상을 완전히 뒤집어 놓을 정도였다.

현재 이안이 알아낸 정보들은 다음과 같았다.

1. 포르투나의 병사들을 처치할 시, '차원력'이라는 공용 재화를 획득할 수 있다.

2. 성채를 점령한 뒤부터는 획득한 '차원력'을 소모하여 성채 내부에 있는 병영을 통해 '차원 병력'을 생산할 수 있다.

3. 또 일정 수준 이상의 막대한 '차원력'을 소모한다면, 성채 안에 새로운 건물을 짓거나, 이미 지어져 있는 건물을 업그레이드할 수 있다.

4. 업그레이드된 건물에서는 더욱 강력한 병력이 생산된다.

5. 시간이 지날수록 획득 가능한 차원력의 크기가 증가한다.

6. 사망한 기사단원이 부활하는 위치는 언덕 아래에 정해진 기존의 부활 포인트이다.

'원래의 계획대로 움직였다간 아주 낭패를 볼 뻔했어.'

사실 로터스가 세워 뒀던 원래의 전략은 빠르게 첫 성을 점령한 뒤 서쪽으로 진출하는 것이었다.

무조건 한발 빠르게 움직여 선공권을 획득하는 것이 수성보다 유리할 것이라고 판단했던 것이다.

하지만 이러한 새로운 정보들을 알게 되자, 전략은 전면 수정될 수밖에 없었다.

'이대로 서쪽 성채를 치러 갔다가 점령에 실패하기라도 하면, 리스크가 어마어마하겠지.'

칼데라스에서 조금 늦게 점령한다 하더라도, 중립 NPC들과 싸우면서 획득한 재화를 어떻게 쓰냐에 따라 예상보다 쉽게 선공을 막아 낼 수도 있어 보였으니 말이다.

게다가 공격이 실패하고 나면, 그대로 역풍을 맞아야 하는 구조.

선공을 위해 곧바로 움직였다는 것 자체가 내성의 운영을 포기한다는 말이었으니.

그 한 번의 실패는 운영 측면에서 어마어마한 격차를 가져올 게 분명했다.

그리고 승패 한 번에 모든 것이 결정되는 이 최후의 전투에서 그렇게 리스크가 높은 선택은 옳지 못했다.

"모두 움직여서, 내성 콘텐츠 파악부터 시작해."

이안의 생각지 못했던 오더에 기사단원 전부가 멈칫 하였다.

"곧바로 서부 성채 공격하는 거 아니었어?"

"전략 변경이야."

하지만 다들 랭커들인 만큼, 곧 이안의 의중을 이해했는지 고개를 주억거렸다.

기존의 전략이 전면 수정되는 것에 살짝 당황했을 뿐이지, 기사단원들도 각각 나름대로 생각하고 있었던 것이다.

"하긴, LB사에서 내성 콘텐츠를 괜히 만들어 두진 않았겠지."

"이안 형 말이 맞아. 보수적으로 접근하자고."

그리고 이안의 오더가 떨어지자, 기다렸다는 듯 헤르스가 세부 오더를 시작하였다.

"클로반 형, 레비아 님. 그쪽 기사단원들 이끌고 외성으로 움직여 주세요."

"알겠다."

"수성 콘텐츠에 대한 정보를 수집하면서, 혹시 칼데라스의 병력이 공격해 오지 않는지 확인해 주셔야 합니다."

"예, 마스터."

"나머지는 빠르게 흩어져서 내성 콘텐츠를 수집해 오죠."

"오케이!"

"알겠습니다, 마스터!"

헤르스의 오더를 옆에서 들은 이안은 흡족한 표정으로 고개를 주억거렸다.

오랜 시간 함께 플레이한 탓인지, 헤르스가 이안의 의중을 정확히 꿰뚫고 있었으니 말이다.

해서 이안은 곧바로 아이언을 타고 내성의 중심부를 향해 이동하였다.

헤르스가 자신에게 별다른 오더를 주지 않은 이유 또한, 이안은 정확히 알고 있었다.

다른 단원들이 정보를 수집하는 동안, 이안은 실질적인 운영을 시작해야 했으니 말이다.

모든 정보를 수집한 뒤에 움직이는 것은 너무 많은 시간을 낭비하는 일.

―'로터스'의 기사단장 '이안' 유저가 내성의 '커맨드 타워'에 입장하셨습니다.

―조건이 충족되었습니다.

―'차원력 통제' 시스템이 오픈됩니다.

내성 중앙의 커다란 건물에 들어서자마자 이안의 눈앞에 시스템 메시지들이 가득 떠올랐고.

―현재까지 수집한 차원력 : 79,820 Point

현재 생산 가능한 최대 병력

–차원 마법사(견습) : 30
–차원 기사(견습) : 50
–차원 병사(견습) : 500
–차원 투석기 : 1

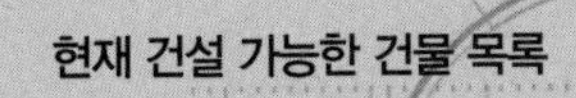

현재 건설 가능한 건물 목록

–기초 방어 타워 : 5
–대공 방어 타워 : 1
–중급 병영 : 1
–기본 마법 연구소 : 1
……후략…….

그것들을 확인한 이안의 입꼬리가 히죽 말려 올라가기 시작하였다.

새로운 콘텐츠가 그의 기대를 충분히 충족시켜 주었으니 말이다.

'역시 재밌어……!'

그리고 그 내용들을 빠르게 확인한 이안은 어렵지 않게 첫 번째 선택을 감행하였다.

띠링–!

–'커맨드 타워' 건물을 Lv.2로 업그레이드합니다.

—필요한 자원 : 차원력 50,000 Point

—정말 업그레이드를 진행하시겠습니까? (Y/N)

이어서 이안의 선택이 끝남과 동시에.

우우웅—!

새하얗고 거대한 빛줄기가 성채를 감싸기 시작하였다.

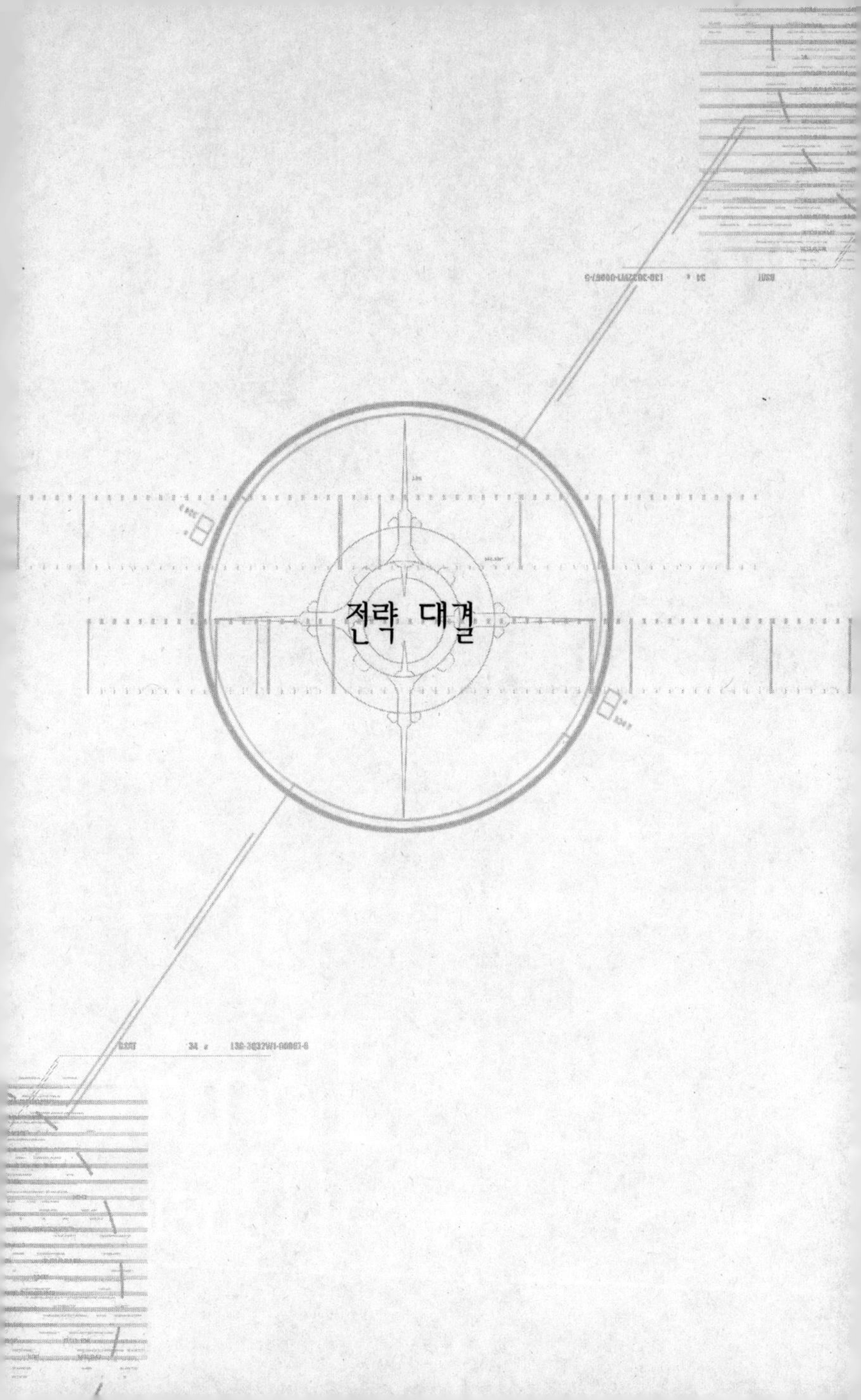

전략 대결

Taming
Master

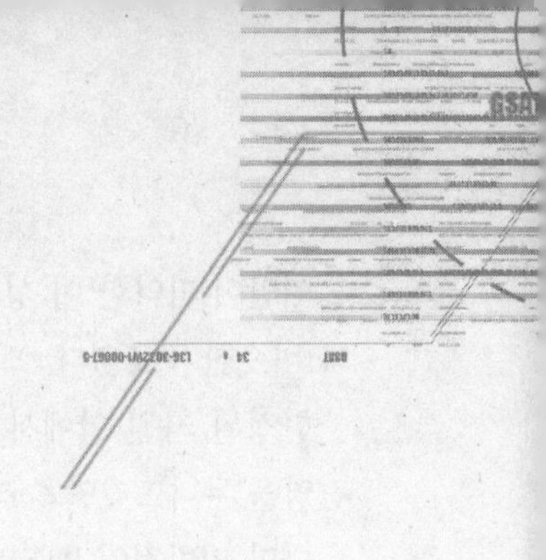

이안은 천룡기사단의 기사단장이기 이전에 로터스 왕국의 국왕이다.

그 때문에 그는 영지 내정과 관련된 거의 모든 콘텐츠를 빠삭하게 꿰고 있었다.

평범한 유저들은 1년 넘게 플레이해도 경험해 보기 힘든 콘텐츠가 영지 내정 콘텐츠였지만, 이안에게는 너무도 익숙한 콘텐츠였던 것이다.

해서 이안의 콘텐츠 적응 속도는 타의 추종을 불허하는 수준이었다.

'흠, 구조 자체는 영지전 구조랑 비슷한데, 훨씬 더 속도감 있는 구성이네.'

이안이 파악한 이 성채 전투의 시스템은 거의 RTS 게임들과 비슷한 구조였다.

한정된 자원 안에서 건물을 짓고 유닛을 생산하여, 상대 진영을 무너뜨리면 승리하는 구조.

다만 일반적인 RTS와 확연히 다른 부분은 자원 획득이 채집을 통해 이뤄지는 것이 아니라는 점이었다.

서로 생산한 병사들과 서로의 기사를 처치했을 때 쌓이게 되는 차원력 포인트가 곧 자원이었으니, 한 번 한 번의 전투에서 손해를 보기 시작하면 구조적으로 계속해서 밀릴 수밖에 없는 것이다.

모든 교전이 전투의 승패에 중요한 영향을 끼치니, 더욱 박진감 넘치는 전투가 될 수밖에 없는 것.

게다가 건물 건설이나 유닛 생산시간 자체도 일반적인 RTS보다 훨씬 더 짧아서, 엄청난 속도전이 될 게 분명하였다.

'지금쯤 칼데라스도 성채를 점령했을 거고…… 어떤 전략을 선택했으려나?'

성탑에 올라선 이안은 필드 반대편 멀찍이 보이는 성채를 날카롭게 응시하였다.

처음 성채를 점령한 직후, 길드가 선택할 수 있는 선택지는 크게 두 분류라고 할 수 있었다.

성채를 점령하면서 얻은 자원을 활용하여 전부 병력을 뽑아 선공을 시작하는 방향과, 병력 생산은 최소화하고 우선 건설과 업그레이드를 통해 성채를 발전시키는 방향.

두 방향성 모두 일장일단이 있기 때문에, 이안조차도 칼데라스가 어떤 전략을 쓸지 쉽게 예상할 수 없었다.

'두 방향성을 적절히 섞어서 움직일 수도 있겠고…….'

그 때문에 이안은 긴장하였다.

지금 로터스의 첫 선택은 병력 생산보다 건설과 발전 쪽으로 가닥이 잡혀 있었으니.

만약 칼데라스가 처음부터 총력전을 걸어온다면, 쉽지 않은 싸움이 될 수도 있는 것이다.

'카이의 성향상 그럴 확률이 좀 더 높아 보이긴 하는데…….'

그리고 이안이 그런 생각을 떠올리는 사이.

-아, 칼데라스의 성문이 열립니다!

-칼데라스에서 먼저 선공을 시작하려나 봅니다!

해설진들의 목소리가 전장에 울려 퍼지며, 칼데라스의 병력이 우르르 몰려나오기 시작하였다.

포르투나 최후의 전장에 솟아 있는 두 개의 거대한 성채.

하지만 크기가 거대하다고 해서, 그것이 곧 성채의 방어력과 비례하는 것은 아니었다.

현재 양쪽의 성채는 사실상, 수성과 관련된 보강이 아무것도 되지 않은 기초 성채일 뿐.

그 때문에 전장을 수성전으로 유도하는 것은 좋지 못한 선택이었다.

성벽이 주는 전략적 이점에 비해, 벽이 뚫렸을 때 감수해야 할 리스크가 훨씬 더 컸으니까.

"앞으로 5분. 5분만 벌면 된다."

이안의 말에 모두가 곧바로 고개를 끄덕였다.

그 5분이라는 시간이 뭘 의미하는지, 모두가 이해하고 있었으니 말이다.

커맨드 타워 업그레이드가 끝나고, 업그레이드된 병력을 생산할 수 있을 때까지 걸리는 시간.

그 시간이 정확히 5분이었다.

"남은 자원은 전부 일반 병사에 투입하고, 기술 연구 건물에선 방어력 강화 업그레이드만 싹 다 돌려."

"방어력 강화 끝날 때까지, 공격력 업그레이드 쪽은 눌러 보지도 못할 텐데?"

"화력은 커버할 방법이 많아. 일단 버티는 게 중요해."

"알겠어, 형."

남겨 두었던 소량의 자원을 소모하는 데까지 빠르게 오더를 마친 이안은 곧바로 아이언을 타고 하늘로 날아올랐다.

쐐애액-!

그러자 이안의 뒤를 따라 나머지 기사단원들이 날아올랐고.

펄럭-!

이어서 로터스 성채의 성문도 천천히 열리기 시작하였다.

끼익-끼이익-!

칼데라스에서 총력을 다해 초반 러시를 들어왔으니, 로터스에서도 가능한 모든 병력을 우선 꺼내야 하는 것이다.

'그나마 다행인 건, 맵이 탁 트인 평야가 아니라는 건데.'

이안은 빠르게 아이언을 조종하여, 생각해 두었던 지형을 선점하기 위해 속력을 올렸다.

최대한 지형지물이 많고 좁은 위치에서 전투를 발생시켜야, 소규모 병력으로 버텨 낼 가능성이 높아지니 말이다.

그리고 양 진영의 거리가 점점 가까워질수록, 전장의 열기는 더욱 뜨거워지기 시작하였다.

-아, 드디어 로터스와 칼데라스! 이 두 길드가 전장에서 만났습니다!

-사실상 글로벌 기준, 랭킹 1, 2위 길드 아닌가요?

-그렇습니다!

-지금까지 알려진 데이터만 봐도, 다른 랭커 길드들과는 차원이 다른 수준의 전력을 가지고 있는 곳들이죠.

-그런데 병력의 숫자가 칼데라스 쪽이 압도적으로 많은데, 그 이유는

뭘까요?

―아무래도 선택과 집중이겠죠. 자원 소모의 선택지에는 병력 생산만이 있는 게 아닐 테니까요.

중간계가 열린 이후부터는 거의 매번 비교되어 가며 최강으로 꼽히던 로터스와 칼데라스.

활약하는 차원계가 다른 까닭에 제대로 된 전면전은 한 번도 벌인 적 없던 두 길드의 첫 격돌은 전 세계 모든 유저들의 관심사가 아닐 수 없었다.

"어디가 이길까?"

"이건 진짜 짐작도 안 되네."

"그래도 이안갓의 로터스가 결국 이기지 않을까?"

"카이가 지금껏 보여 준 전적도 만만치는 않아서……."

그리고 그런 유저들의 기대에 부응이라도 하듯, 이안의 모든 소환수들이 차례로 소환되기 시작하였다.

LB사 기획팀의 모니터링실.

깜깜한 모니터링실 안에 앉은 나지찬은 커다란 스크린에서 눈을 떼지 못하고 있었다.

그리고 그것은 나지찬뿐 아니라 다른 기획팀원들도 마찬

가지였다.

물론 기획 3팀의 할 일이야 지금도 끝없이 쌓여 있었지만.

팀장인 나지찬이 이 역사적인 순간만큼은 모두가 함께 시청해야 한다고 주장했으니 말이었다.

그리고 그 의견에 팀원들이 불만을 가질 리는 없었다.

이안은 기획팀에게 애증(?)의 존재였으니 말이다.

"붙었네요."

"크……!"

"첫 번째 전투만 봐도, 두 길드의 성향이 확실히 드러나네."

"그러게요. 역시 팀장님 말씀대로, 로터스는 테크를 올리고 칼데라스는 초반 러시를 선택하는군요."

기획팀의 팀원들은 지금 이 순간 그 누구보다도 이 최후의 전투에 대한 이해도가 높았다.

그도 그럴 것이, 최초 기획안부터 시작해서 세부 기획 세팅까지, 거의 모든 과정에 그들 모두가 참여했으니 말이었다.

그 때문에 그들은 단순히 전투를 시청하는 평범한 유저들보다도 훨씬 재밌게 방송을 즐길 수 있었다.

"일단 초반에는 팽팽한데…… 아무래도 기사단장들이 보수적으로 움직이고 있어서 그런 거겠죠?"

"그렇지. 카이나 이안이나, 서로가 죽으면 그대로 게임 셋인데…… 아무래도 조심스럽게 움직일 수밖에 없지."

"슬슬 로터스가 밀리는 것 같기도 하고……?"

팀원들이 두런두런 이야기하는 것을 들으면서도, 나지찬의 시선은 스크린에서 떨어질 줄을 몰랐다.

일단 첫 전투의 양상이 그의 예상대로 흘러가긴 했지만, 이 전투의 결과가 어떤 식으로 이어질지는 그조차도 완벽히 예상할 수 없었으니 말이었다.

'이안보다 더 공격적인 성향인 카이조차도…… 쉽게 최전방으로 나서지 못하는군.'

사실 나지찬이 기획자로서 가장 걱정했던 부분은 시작하자마자 게임이 끝나 버리는 상황이었다.

성채와 관련된 수많은 콘텐츠를 준비해 두었는데, 시작부터 기사단장끼리 싸워서 결판이 나 버리면 너무 허무할 것 같았으니 말이다.

하지만 다행히도 그런 일은 일어나지 않았다.

오히려 양 길드 모두 최대한 병력을 이용한 힘겨루기를 지향하며, 정확히 기획 의도대로 움직여 주고 있었으니 말이다.

'이거, 너무 무난해서 더 불안한데…… 이렇게 노멀하게 전투가 진행된다고?'

나지찬은 입술이 바짝 마르는지 혀를 할짝거리며 더욱 전장에 집중하였다.

이대로라면 조금씩 밀려서 후퇴하던 로터스가 결국 외성을 내주거나, 아니면 마지막 순간에 극적으로 추가 병력이 생산되어 전황을 역전시키거나.

두 가지의 상황 중 하나 외에는 다른 그림이 그려지지 않았으니 말이다.

물론 그 자체만으로도 전장의 재미야 충분했지만, 그래도 어떤 의외성이 있기를 바라는 나지찬.

그런데 바로 그때.

"어어, 팀장님, 저기!"

팀원 하나의 목소리가 살짝 격양됨과 동시에 뒤늦게 '무언가'를 발견한 나지찬이 반사적으로 자리에서 벌떡 일어섰다.

칼데라스에서 모든 자원을 쏟아부어 생산한 병력은 외관상으로는 최초에 성채를 지키던 중립 병력과 다른 것이 없는 유닛들이었다.

하지만 그것과 별개로, 중립 NPC일 때와 칼데라스 진영의 병사들일 때의 전투력 차이는 차원이 다른 수준이라 할 수 있었다.

레벨 자체는 이전과 같은 130~150레벨대였지만, 이제는 칼데라스 랭커들의 각종 서포팅이 있었으니 말이다.

현존하는 최고 티어의 버프들과 힐, 그리고 원거리 딜러들의 지원사격이 조화를 이루니, 같은 '차원 기사'라 하더라도 위협도는 격이 다른 수준이었다.

물론 로터스 진영의 차원 병사들도 마찬가지였지만, 병력의 숫자가 너덧 배는 차이 난다는 게 문제였다.

까강 깡–!

심판 검을 휘둘러 기사 하나를 깔끔하게 베어 넘긴 이안이 이마에 흐르는 땀을 슬쩍 닦아 내었다.

'역시 쉽지 않군.'

아직까지는 크게 밀리지 않았지만, 지휘관 포지션의 이안은 확실하게 알고 있었다.

버텨 내는 방어선에 금이 가는 순간 외성까지 밀려 내려오는 것은 한순간이라는 사실을 말이다.

–헤르스 : 결정해야 해.

–이안 : 뭘?

–헤르스 : 전장을 뒤로 물릴지 말지, 지금 결정해야 된다는 말이야.

헤르스의 다급한 메시지에, 이안은 고개를 끄덕였다.

그가 무슨 말을 하고 싶은지는 너무도 잘 알고 있었으니 말이다.

하지만 그것과 별개로 이안의 표정은 무척이나 침착하였다.

단지 타이밍을 재고 있었던 것일 뿐, 대응할 방법이야 처음부터 생각해 둔 상태였으니까.

'딱 셋……! 셋만 따고 돌아온다.'

스르릉—!

이어서 심판 검을 뽑아 든 이안이 전방으로 날아올랐다.

"레미르 누나, 지금!"

"알겠어!"

"레비아 님, 도와줘요."

"옙!"

뭔가를 미리 이야기해 놓은 것인지, 간결하게 오더를 내리며 전장의 최전방을 향해 쇄도하는 이안.

—앗, 이안이……! 이안이 전선으로 움직입니다!

—기사단장이 직접 움직였어요!

그의 전신에 새하얀 빛과 화염의 기류가 동시에 일렁이기 시작하였다.

—기사단원 '레미르'가 '홍염의 균열' 마법을 시전하였습니다.

—기사단원 '레비아'가 '성전'을 선언하였습니다.

—기사단원 '레비아'가 '환영의 빛' 마법을 사용하였습니다.

—소환수 '엘카릭스'가 고유 능력 '드라고닉 베리어'를 사용하였습니다.

……중략……

—'마법의 균열'의 영향으로 좌표를 이동합니다.

우우웅-!

시뻘건 불길에 휩싸여 허공에서 사라진 뒤, 순식간에 전장 한복판에 등장한 이안.

이어서 이안의 신형이, 둘, 셋으로 나뉘기 시작하였다.

화염법사의 최상위 공간 이동 마법 중 하나인 홍염의 균열.

이 마법의 가장 큰 장점은 자신 외의 다른 아군까지도 지정된 위치로 이동시키는 것이 가능하다는 점이었다.

물론 좌표를 확인할 수 있는 위치여야 하며, 거리 제한도 있지만, 이런 전장에서는 충분히 요긴하게 쓸 수 있는 마법인 것이다.

하지만 이 마법은 치명적인 단점이 있어, 쉽게 쓸 구도가 나오지 않았는데.

그것은 바로 '회수'가 되지 않는다는 것.

재사용 대기시간이 긴 데다 시전 사정거리가 짧기 때문에, 가까이 있는 대상을 멀리 보낼 수는 있어도, 멀리 있는 대상을 소환해 올 수는 없는 마법이었다.

그래서 이 마법은 이안같이 복귀 수단이 있는 팀원에게 사용할 때 최고의 성능을 발휘한다.

언제든 자신의 소환수와 위치를 바꿔 생존할 수 있는 이안이라면, 이렇게 적진 한복판으로 보내면서도 리스크가 크게 감소하니까.

물론 이안이라는 폭탄이 핵폭탄급 파괴력을 가지고 있다는 점도, 중요한 부분이고 말이다.

화르륵-.

하지만 그런 모든 사실들을 알고 있었다고 해도.

정말 이런 전략을 펼칠 것이라고는 전장의 그 누구도 예상하지 못했을 것이었다.

효과적인 한 방임과 동시에, 그 효과 이상으로 리스크가 큰 것도 사실인 극단적 전략이었으니 말이다.

그러나 그렇기 때문에, 팬들은 더욱 열광할 수밖에 없었다.

점수가 잘 나지 않는 보수적인 경기보다는 화끈한 전개를 좋아할 수밖에 없는 것이 사람의 심리이니까.

-이안! 이안이 칼데라스의 후방 라인으로 파고듭니다!

-이안의 저 분신 스킬은 어떤 능력일까요?

-과거에도 몇 번 보여 줬던, 서머너 나이트의 고유 능력이 아닐까 예상합니다.

-그렇군요.

-아직까지 구체적인 고유 능력의 정보가 알려진 적은 없는 것으로 알고 있습니다.

이안의 분신은 어지간한 전사 클래스 랭커 이상의 강력한 파괴력을 가진다.

그리고 그러한 분신들이 기습적으로 진영을 파괴하기 시작하자, 칼데라스의 후열은 순식간에 무너질 수밖에 없었다.

까강-촤라라락-!

"크허어억-!"

"서포터들 뭐 해! CC라도 걸어 봐!"

"이쪽으로 못 오게 저지하라고!"

마치 전장의 한쪽 구석에, 이안이라는 존재가 파고들면서 커다란 구멍이 생긴 느낌이랄까.

하지만 그 구멍을 메울 수는 없을지언정, 칼데라스는 침착하게 대열을 가다듬기 시작하였다.

버릴 것은 빠르게 버리고, 자신들이 얻을 수 있을 것을 취하려는 것이다.

평범한 길드였다면 이대로 무너져 내려도 이상하지 않을 상황이었으나.

칼데라스는 결코 평범한 곳이 아니었으니까.

"차륜전을 펼쳐! 수비 라인의 피해는 최소화시키고, 파상공격波狀攻擊으로 이안을 갉아먹는다!"

칼데라스의 길드원들은 그 누구보다도 이안의 전투력에 대해 높이 평가하고 있었다.

본래 수준이 높을수록 그 이상의 것들이 더 잘 보이는 법이었으니, 어쩌면 이안의 진정한 힘을 가장 근접하게 파악하고 있는 이들이 칼데라스일지도 몰랐다.

그래서 그들은 무척이나 치밀하게 움직였다.

그 누구도 자신의 능력을 과신하지 않고, 철저한 차륜전의 형태로 이안을 상대하기 시작한 것이다.

조금이라도 위험한 상황이 올 것 같으면 곧바로 포지션을 스와프해 가며, 단단한 구조로 버티기 시작한 것.

까강-콰아악-!

콰아앙-!

그리고 이러한 상황이 되자, 이안으로서도 살짝 답답함을 느낄 수밖에 없었다.

'역시, 괜히 칼데라스가 아니네.'

물론 처음 공간 이동으로 습격을 감행했던 순간, 이미 이안이 가져온 이득은 상당한 수준이었다.

첫 30초 내로 이미 열 개체가 넘는 차원 병사들을 삭제시켰으며, 마법사나 기사같이 상위 유닛들도 너덧 이상 처치했으니 말이다.

거기에 칼데라스의 기사단원까지 둘 정도 보내 버렸으니, 이미 소기의 목적은 달성하고도 남은 것.

이대로 공간 왜곡을 사용하여 복귀해도 충분한 성과였지만, 이안의 입장에서는 아쉬울 수밖에 없었다.

잘만 풀리면 상대 딜러 라인을 싹 다 녹여 버릴 수도 있었던, 회심의 한 방이었으니까.

“역시 이안인가……?”

“과연, 마스터와 비견될 만하군……!”

차륜전으로 겨우 이안의 공격을 버텨 내던 칼데라스의 탱커들은 혀를 내두르며 중얼거렸다.

전력을 다한 이안과 검을 맞대자, 한 가지 사실을 확실하게 깨달을 수 있었으니 말이다.

한 번 짜임새가 무너지는 순간, 그대로 전멸이라는 사실.

무슨 분신의 검격 한 번에 탱커 라인의 생명력이 뭉텅이로 깎여 나가니.

파괴력이 비현실적으로 느껴질 정도였던 것이다.

하지만 그것과 별개로, 그들은 회심의 미소를 짓고 있었다.

이미 약속된 충분한 시간을 버텨 내었고, 이제는 반격의 시간이 되었으니 말이다.

“어둠의 권능이여……!”

고오오오-!

이안과 분신들이 방어 라인을 두들기는 사이, 어느새 그 너머에 나타난 어둠의 기운.

칼데라스 길드 최고의 어둠 마법사, ‘메가론’의 등장이었다.

“모든 왜곡된 것들을, 어둠으로 화하라!”

스하아아아-!

메가론의 영창이 울려 퍼짐과 동시에, 스산한 어둠의 기운이 이안과 분신들을 휘감기 시작하였다.
그리고 그와 동시에.
"……!"
이번에는 이안의 두 눈이 살짝 확대될 수밖에 없었다.
'이렇게 강력한, 안티 일루젼Anti Illusion 스킬이 존재한다고?'
랭커들의 차륜전에도 큰 피해가 없던 이안의 분신들이, 순식간에 녹아내리기 시작했으니 말이었다.
치칙-치치치칙-!
고유 능력의 정확한 메커니즘까지는 알 수 없었지만, 거의 방어력과 관계없는 수십만의 고정 피해가 분신들에게 들어온 것.
"으음……."
때문에 이안은 이제, 한 가지 선택을 해야만 했다.
여기서 카이라도 나타난다면, 아무리 그라도 더 이상 버텨낼 수 없을 테니 말이다.
'카이의 포지션은 최전방이었어. 하지만 아직까지 나타나지 않았단 것은, 나를 견제하러 직접 오진 않았다는 얘긴데…….'
포르투나의 전장은 꽤 넓었기에, 같은 진영의 전방과 후방을 왔다 갔다 하는 데에도 제법 긴 시간을 소모해야 한다.
그 때문에 이안은 카이가 자신을 상대하러 나타나지는 않을 것이라 판단하였다.
그가 나타나는 순간 자신이 공간 왜곡을 사용하여 복귀해 버리면, 왕복에 들어간 시간만 날리는 상황이 되어 버리니 말이다.

카이로서는 그 시간에 전방에서 로터스의 병력을 조금이라도 줄이는 것이, 훨씬 더 이득이 되는 상황인 것.

전장의 특성상 그냥 병력을 줄이는 것을 넘어 자원 확보 측면까지도 고려해야 하니.

이안은 자신의 판단이 정확할 것이라고 생각하였다.

'조금만 더 버텨 보자. 카이만 없으면, 시간을 끄는 정도는 어렵지 않으니까.'

생각을 정리한 이안은 무기를 스와프하였다.

철컥-!

-'악마의 심판 검'을 착용 해제 하였습니다.

-'심연의 심판 검'을 착용하였습니다.

물론 바이탈리티 웨폰Vitality Weapon을 활용하여 세 자루의 심판 검을 모두 사용하고 있는 상태이긴 하였지만.

결국 손에 직접 들려 있는 무기가 가장 전투에 큰 영향을 끼치니 말이다.

극단적인 공격형 무기인 악마의 심판 검을 해제하고, 심연의 심판 검을 쥐었다는 것은 킬을 한두 개 더 챙기는 것보다, 시간을 조금이라도 더 끌어 보겠다는 의지.

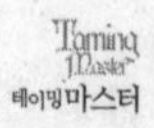

지이잉—!

그리고 이것은 '악마' 속성의 공격들을 사용하는 칼데라스의 상위 랭커들에게, 더욱 위협적인 세팅이기도 하였다.

'대충 2분 정도…… 그쯤만 버티면 돼.'

날카롭게 파고드는 논타깃 스킬들을 피해 낸 이안은 그대로 몸을 날려 더욱 깊숙한 적진으로 달려들었다.

이안의 타깃은 어둠법사 메가론.

만약 공간 왜곡을 활용한다면 메가론을 따 버릴 자신도 있었지만, 생존을 위해 그 수는 사용할 수 없는 상황이었다.

다만 그를 노리는 것이 버티기 측면에서도 가장 효율적일 것이라는 판단일 뿐.

콰콰쾅—!

그리고 그렇게 이안이 생각했던 2분의 시간이 지나자, 전장의 판도는 다시 바뀌기 시작하였다.

—아아, 이안이 시간을 끌어 줘도, 로터스의 앞 라인은 결국 밀릴 수밖에 없군요!

—아니, 오히려 이안이 없기 때문에, 로터스의 랭커들이 카이를 견제하기 버거워 보입니다!

—이대로 본진이 무너지면, 이안이 아무리 오래 버텨도 의미가 없을 텐데요!

—앗! 말씀하시는 그때……!

이안의 활약에도 병력 차이에 밀리던 로터스가, 역으로 칼데라스를 압도할 수 있는 판이 깔린 것이다.

—로터스의 지원 병력이 전장에 도착했습니다!

—숫자가 그렇게 많아 보이지는 않는데요.

—앗, 그게 문제가 아닙니다! 더 강력한 상위 유닛들이에요!

—그……렇습니다! 기사들의 차원 레벨이 150이 넘었어요!

—로터스의 차원 마법사들이, 광역 마법을 터뜨리기 시작합니다!

전투가 시작되고 5분이 지나는 동안, 더 큰 손해를 본 것은 로터스였지만, 결국 상위 티어의 지원 병력이 도착할 때까지 버텨 냈기에 새로운 구도를 만들어 낸 것이었다.

—아직까지도 칼데라스가 조금 유리하기는 합니다만, 그래도 상황은 완전히 달라진 거죠?

—그렇습니다! 상위 티어의 병력이 도착했다는 말은 커맨드 타워의 건설이 완료되었다는 말이고…….

—시간이 지날수록 상위 티어 병력이 누적되기 시작하겠네요.

—그렇죠. 아마 10분만 지나도, 전황이 완전히 뒤집어질 게 분명합니다.

5분 전에는 로터스가 선택의 기로에 놓인 상황이었다면, 이제는 칼데라스가 선택의 기로에 놓이게 된 것.

위이잉—!

적진 한복판에서 시간을 끌던 이안까지도 공간 왜곡을 사용해 본진으로 복귀하였으니, 이제 반대로 칼데라스가 주춤주춤 물러나기 시작하였다.

—아, 어렵습니다!

—여기서 칼데라스가 뒤를 보이는 순간, 첫 전투로 얻었던 이득까지도 전부 날려 버릴 수 있거든요!

—아마 지금쯤이면 칼데라스도 커맨드 타워의 업그레이드를 시작했을 테니…… 이번에는 칼데라스가 버틸 차례인가요?

해설진의 흥분된 목소리만 봐도 알 수 있듯, 흥미진진하기 그지없는 상황.

그리고 이 상황에서 칼데라스는 이안이 예상치 못했던 한 수를 또 던져 주었다.

우웅—우우웅—!

마법사들의 광역기를 피해 뒤로 살짝 물러나는가 싶더니, 칠흑같이 까만 어둠의 기운이 진영 전체를 뒤덮기 시작한 것이다.

"다크 홀……?"

이번에는 이안 또한 적잖이 놀랄 수밖에 없었다.

다크 홀이 지금 발동되었다는 것은 칼데라스에서 이 시점까지 완벽하게 계산하고 있었다는 이야기였으니까.

—다크 홀! 다크 홀입니다!

—칼데라스는 이미 3분 전부터, 치고 빠질 그림을 그리고 있었던 거예요!

매스 텔레포트와 비슷한 용도로 쓰이는 어둠 마법인 다크 홀.

범위 내의 모든 아군을 특정 좌표로 이동시킬 수 있는 이 마법은 캐스팅 시간이 정확히 3분이었고.

지금 시점에 발동되도록 미리 마법을 발동시켜 뒀다는 것은 로터스의 지원군이 도착할 타이밍까지 계산되어야 가능한 한 수였던 것이다.

고오오오—!

광역 이동 마법을 발동시켜 깔끔하게 성채 안으로 후퇴하는 칼데라스를 보며, 로터스는 입맛을 다실 수밖에 없는 상황!

—로터스와 칼데라스의 장군 멍군입니다!

—크으으……! 감탄밖에 나오질 않는군요!

이안은 칼데라스의 병력이 사라진 자리를 보며, 작은 목소리로 중얼거렸다.

"쉽게 당해 주지는 않는다는 건가?"

이 한 방으로 다시, 승부는 원점으로 돌아왔으니 말이다.

킬 포인트 자체는 칼데라스가 많이 딴 것처럼 보이지만, 로터스는 칼데라스보다 한 발 빠른 발전 테크를 성공시켰으니.

균형의 추가 다시 맞춰진 것.

이안의 한쪽 입꼬리가 히죽 말려 올라갔다.

첫 번째 공방에서 로터스와 칼데라스 양 길드는 모두 절반 정도의 성공을 거둔 셈이었다.

로터스는 점수와 자원 측면에서 손해를 본 대신 성채의 발전에서 우위를 가져왔으며, 반대로 칼데라스는 발전이 뒤처진 대신 자원과 점수를 얻었으니 말이다.

그리고 이 잠깐의 소강상태에서, 먼저 움직여야 하는 것은 당연히 로터스였다.

조금이라도 자원이 우위에 있는 칼데라스가 상위 테크를 올리기 전에 전투를 벌여 이득을 취해야 했으니 말이다.

쉽게 말해 전력적으로 우위에 있는 이 상황을 로터스의 입장에선 최대한 활용할 필요가 있다는 말이었다.

"이대로 밀어야겠죠, 이안 님?"

"어떻게든 이득을 봐야죠."

"공성 병기 업그레이드가 아직인데…… 괜찮을까요?"

"저쪽도 아직 방어 타워 부실할 겁니다."

레비아 등 사제 클래스의 도움으로 피해를 최대한 빠르게 복구한 로터스의 병력은 그대로 칼데라스의 성채를 향해 진군하기 시작하였다.

그리고 생각보다 빠른 2차 전투의 시작에, 다시 해설진들의 목소리가 커지기 시작하였다.

-로터스는 곧바로 공성전을 시작하려나 봅니다!

-적어도 공성 병기가 나올 때까지는 휴전 상태가 되리라 봤는데…….

-칼데라스가 대비할 틈을 주지 않겠다는 거죠!

해설진들을 비롯한 모든 관중은 흥분 어린 표정으로 전장을 지켜보았다. 이렇게 쉴 새 없이 빠른 템포로 공방이 이어지니, 흥분이 가실 새가 없는 것이다.

쐐애애액-!

우두두두-!

바람을 가르며 허공을 쇄도하는 용기사단들과, 그 뒤를 바짝 따라붙는 로터스의 병력.

스크린에 떠오른 그 뒷모습을 응시하며, 팬들은 저마다 격양된 목소리로 한마디씩 떠들기 시작하였다.

"로터스는 공성 병기도 없이 어쩌려는 걸까?"

"글쎄. 아까 이안이 했던 것처럼, 공간 이동 마법을 활용하려는 게 아닐까?"

"놉. 그건 불가능해."

"어째서?"

"칼데라스의 성채 안은 좌표 확보가 안 된 곳이니까."

"아하……!"

"어쩌면 길드 간 영지전처럼, 안티 텔레포트 결계가 쳐져 있을지도 모르지."

로터스의 진군을 지켜보는 팬들의 시선은 두 부류로 나뉘어 있었다.

로터스가 어떤 식으로 칼데라스의 성채를 공략할지, 기대에 찬 눈빛으로 바라보는 인원들과.

반대로 칼데라스가 로터스의 맹공을 어떻게 막아 낼지, 조금은 초조한 눈빛으로 관전 중인 미국 서버의 팬들.

그리고 그 시선들 속에서.

"전군, 돌격……!"

와아아아-!

로터스와 칼데라스의 2차 전투가 곧바로 시작되었다.

칼데라스 길드의 수뇌 중 한 명인 알파인은 사실상 카이와

함께 지금의 칼데라스를 만들어 낸 장본인이라 할 만한 인물이었다.

일반 유저들 사이에는 잘 알려져 있지 않지만, 수면 아래서 항상 칼데라스의 행보를 이끌었던 사실상 칼데라스의 두뇌였던 것.

카이가 칼데라스의 상징적인 존재이자 무력의 결정체라면, 알파인은 그의 능력이 가장 효율적으로 쓰이도록 지금껏 칼데라스를 도와왔던 것이다.

그 때문에 알파인은 지금의 이 상황이 무척이나 흥미롭고 즐거웠다.

리그전 이전까지만 해도 단순 무력 싸움에 가깝던 기사 대전에서, 처음으로 자신이 활약할 판이 열린 것이었으니 말이다.

'게다가 상대가 로터스라…… 아주 완벽한 그림이란 말이지.'

성탑의 망루에서 몰려오는 로터스의 병력을 응시하던, 알파인.

그의 머리가 빠르게 회전하기 시작하였다.

'공성 병기 없이 성채를 공략하려면 방법은 하나뿐인데…….'

로터스의 입장에서 어떤 전략으로 움직이려는 것인지, 시뮬레이션을 돌려 보기 시작한 것이다.

'구조상 북동쪽의 버팀벽을 넘는 루트 외에는 생각할 수

있는 방법이 없을 거란 말이지.'

최후의 전장 동쪽과 서쪽에 지어진 두 곳의 성채는 거의 동일한 구조를 가지고 있다.

성채의 가장 외곽에 세워져 있는 목책과, 그곳을 침입자가 쉽게 넘을 수 없도록 빙 둘러져 깊숙이 파여 있는 해자垓字.

그 안쪽에 솟아 있는 비교적 낮은 외성벽과, 최후의 보루와 다름없는 내성벽까지.

이중 알파인이 떠올린 버팀벽은 성벽 중 가장 방어력이 높은 구조로 설계된 벽이었는데.

그는 로터스가 이곳을 공략할 것이라 생각한 것이다.

'어차피 공성 병기 없이 벽을 부술 생각은 아닐 테니, 방어력이 가장 높고 높이는 낮은 버팀벽을 넘어 보려 하겠지.'

그리고 다가오는 로터스의 병력을 보며 이에 확신을 가진 알파인은 빠르게 지시를 내리기 시작하였다.

"방어 태세 준비……!"

여느 때처럼 수많은 경우의 수를 따져 가며, 확신에 찬 명령을 내린 것.

"확보된 방어 타워는 버팀벽 위에 건설한다!"

하지만 알파인이 한 가지 생각지 못했던 경우의 수가 있었으니.

"로터스가 양동작전을 쓰려나 봅니다!"

"뭐?"

"북쪽과 남쪽으로 공격 병력을 분산시켰습니다!"

"대체 왜?"

그것은 바로 이안의 소환수 '토르'의 존재였다.

"……!"

알파인이 생각했던 대로 로터스의 주력 병력은 버팀벽을 공략하기 위해 움직였지만, 이안을 비롯한 몇몇 별동대가 반대편의 성벽으로 정공을 걸어온 것이다.

콰아앙-!

어느새 초월 80레벨이 넘어, 더욱 강력해진 위력으로 망치를 꽂아 내리는 토르.

콰콰쾅-!

아직 발전 단계가 낮은 칼데라스로서는 넓은 성채 전체를 완벽하게 방비해 낼 여력이 없었고, 잠깐의 병력 안배 실수로 한쪽 외성벽을 내주게 된 것이다.

물론 곧바로 대응을 위해 다른 병력이 움직이긴 하였지만, 어느 정도의 피해는 감수할 수밖에 없게 된 것.

알파인은 아랫입술을 살짝 깨물며, 낮은 목소리로 입을 열었다.

"저건 이안의 소환수인가 보군."

"그렇습니다, 알파인 님."

하지만 그렇다 해서, 알파인이 혼란에 빠진 것은 아니었다.

이 정도 '사소한 변수'에 대한 대응은 군사로서 기본적인 소양이었으니 말이다.

"일단 마스터께서 움직이셨나?"

"옙."

"계획을 조금 변경해야겠군."

이안의 소환수 '토르'를 보는 알파인의 두 눈이 조금 더 날카로워졌고.

칼데라스의 병력은 더욱 분주히 수성을 위해 움직이기 시작하였다.

하지만 이렇게 한 번 잘못 끼워진 단추가 어떤 식으로 전황에 영향을 미칠지는 알파인이 결코 예상할 수 없는 범주의 것이었다.

쿠릉-.

커다란 소음과 함께 모래먼지가 휘몰아치며, 칼데라스 성채의 외성이 무너져 내렸다.

콰과과광-!

그리고 그것을 확인한 이안의 주먹에 불끈 힘이 들어갔다.

'됐다……!'

사실 성채의 외성벽을 뚫어 낸 정도는 이 전장에서 그렇게까지 결정적인 요소가 아니었다.

성채가 발전된 후반이라면 몰라도, 이렇게 전장의 초반 시점에는 말이다.

어차피 모든 생산 시설과 방어 시설은 내성 안에 존재했고, 외성을 부순다 해서 승점을 얻거나 자원을 얻는 것도 아니었으니.

사실상 칼데라스의 입장에서 그렇게까지 치명적인 피해라고 볼 수는 없었던 것이다.

그래서 알파인 또한, 한 번의 '사소한 변수' 정도라고 생각했던 것.

하지만 이안은 결코 이 한 수가 사소하다고 생각지 않았다.

지금 이안이 머릿속에 그려 둔 모든 전략의 가장 핵심이, 바로 이 첫 번째 전략의 성패 여부에 달려 있었으니 말이었다.

'흐흐, 이제 시작이지.'

그리고 알파인과 이안의 생각 차이는 단순히 지략 수준의 차이는 아니었다.

그보다는 먼저 상위 테크를 얻음으로써 알게 된 '정보'의 차이라는 이야기가 더 정확할 것이었다.

'3티어 건물을 짓기 시작하면, 아차 싶을 거다, 이놈들.'

토르를 선두로 외성 안쪽으로 진입한 이안은 특정 지역으로 빠르게 이동하였다.

그리고 해당 지역의 외성을 추가로 부순 뒤, 진영을 구축하기 시작하였다.

"형, 이 좌표가 맞아?"

"확실해."

"하긴, 대칭형 구조일 테니까. 여기가 맞겠지."

이안과 이해할 수 없는 대화를 나눈 훈이는 데스나이트를 비롯하여 언데드를 소환하기 시작하였다.

그리고 훈이가 어둠 마력을 아끼지 않고 먼저 소환물들을 소환하는 것은 비교적 수비적으로 운영할 때의 전투 방식.

로터스는 외성을 뚫고 들어왔음에도 불구하고, 더 이상 공성을 진행할 생각이 없었던 것이다.

지금 로터스에서 하는 양을 보고 있으면, 마치 칼데라스의 외성 안쪽에 전진기지를 구축하고 있는 느낌이었다.

-앗, 로터스가 공성을 멈추고 정비를 시작합니다!

-아니, 이건 정비 수준이 아닌데요?

-그렇습니다. 아예 자리를 깔고 앉았어요!

심지어는 양동작전을 위해 반대편 버팀벽을 공략하던 주력 병력까지, 이안이 자리 잡은 곳으로 이동하기 시작한 것.

그리고 로터스가 이 전략을 생각할 수 있었던 이유는 다른 것이 아니었다.

2티어 건물들의 생산을 마친 로터스는 다음 단계에서 어떻게 이득을 볼 수 있을지 미리 알아차렸던 것이다.

"이안 형 말처럼, 차원력 제어기만 못 짓게 계속 괴롭혀도 스노우볼을 제대로 굴릴 수 있겠지."

"맞아. 그걸 칼데라스에서 알아차리기 전까지, 전진기지를 더 견고하게 만들어야겠어."

커맨드 타워를 3티어까지 업그레이드하면, 새롭게 지을 수 있는 건물들의 목록이 오픈된다.

그리고 이제야 2티어의 커맨드 타워를 겨우 올린 칼데라스는 알 수 없는 사실이지만, 3티어 이상부터 지을 수 있게 되는 모든 건물들은 내성의 바깥에 지어지는 구조로 설계되어 있었다.

즉, 이안을 비롯한 로터스의 병력이 미리 자리를 선점하고 칼데라스를 괴롭히면, 그 병력을 퇴치하기 전까지는 해당 자리에 지정된 건물을 지을 수 없다는 이야기다.

그래서 이안은 3티어의 건물들 중 가장 핵심이 될 건물을 짐작하여, 해당 건물이 지어질 위치를 선점하는 전략을 펼친 것이다.

그 건물이 바로 '차원력 제어기'인 것이고 말이다.

'차원력 제어기가 없으면 유닛 생산에 필요한 차원력 감소 효과를 볼 수 없을 테고…… 이 차이는 후반으로 갈수록 더 크게 벌어지겠지.'

칼데라스의 내성 안쪽으로 보이는 커맨드 타워를 슬쩍 응시한 이안은 히죽 웃으며 검을 고쳐 쥐었다.

그림이 이렇게 그려진 이상, 공성 병기는 필요 없었다.
이제 로터스가 전진기지만 사수해 낸다면, 칼데라스는 결국 내성 바깥으로 기어 나올 수밖에 없을 테니 말이었다.
그리고 이안의 그 판단은 너무도 정확하였다.
"컥……!"
3티어의 커맨드 타워가 완성된 순간, 알파인의 입에서 비명에 가까운 목소리가 터져 나온 것만 봐도 말이었다.
"젠장, 이래서……!"
남쪽 내성벽의 성탑에서, 로터스의 전진기지를 내려다보던 칼데라스의 수뇌부들.
잠시 알파인을 응시하던 카이가 피식 웃으며 입을 열었다.
"알파인."
"예, 마스터."
"무슨 문제라도 있나?"
그리고 카이의 그 물음에, 알파인은 아랫입술을 살짝 깨물며 천천히 입을 열었다.
"아무래도 놈들에게, 한 방 맞은 것 같습니다."
"흐음."
"상위 테크 건물들에 대해서도 생각했어야 했는데……. 제 불찰입니다."
하지만 알파인의 그런 이야기에도 불구하고, 카이는 빙글거리며 웃을 뿐, 별달리 동요한 모습을 보이지 않았다.

그저 비룡을 탄 채 전진기지를 지키고 있는 이안을 슬쩍 내려다볼 뿐이었다.

잠시 동안 칼데라스의 성탑에 흐르는 고요한 정적.

그 정적을 다시 깬 것은 카이의 목소리였다.

"저 전진기지. 저곳이 문제로군?"

"그렇습니다, 마스터."

알파인의 답을 들은 카이가 씨익 웃으며 다시 입을 열었다.

"자네가 한 방 먹었으니……."

스르릉-!

"이번엔 내 차례겠군."

하얀 이를 드러내며 웃어 보인 카이가 대검을 뽑아 들었다.

그리고 대검을 뽑은 카이의 시선은 어느새 다시 이안을 향해 있었다.

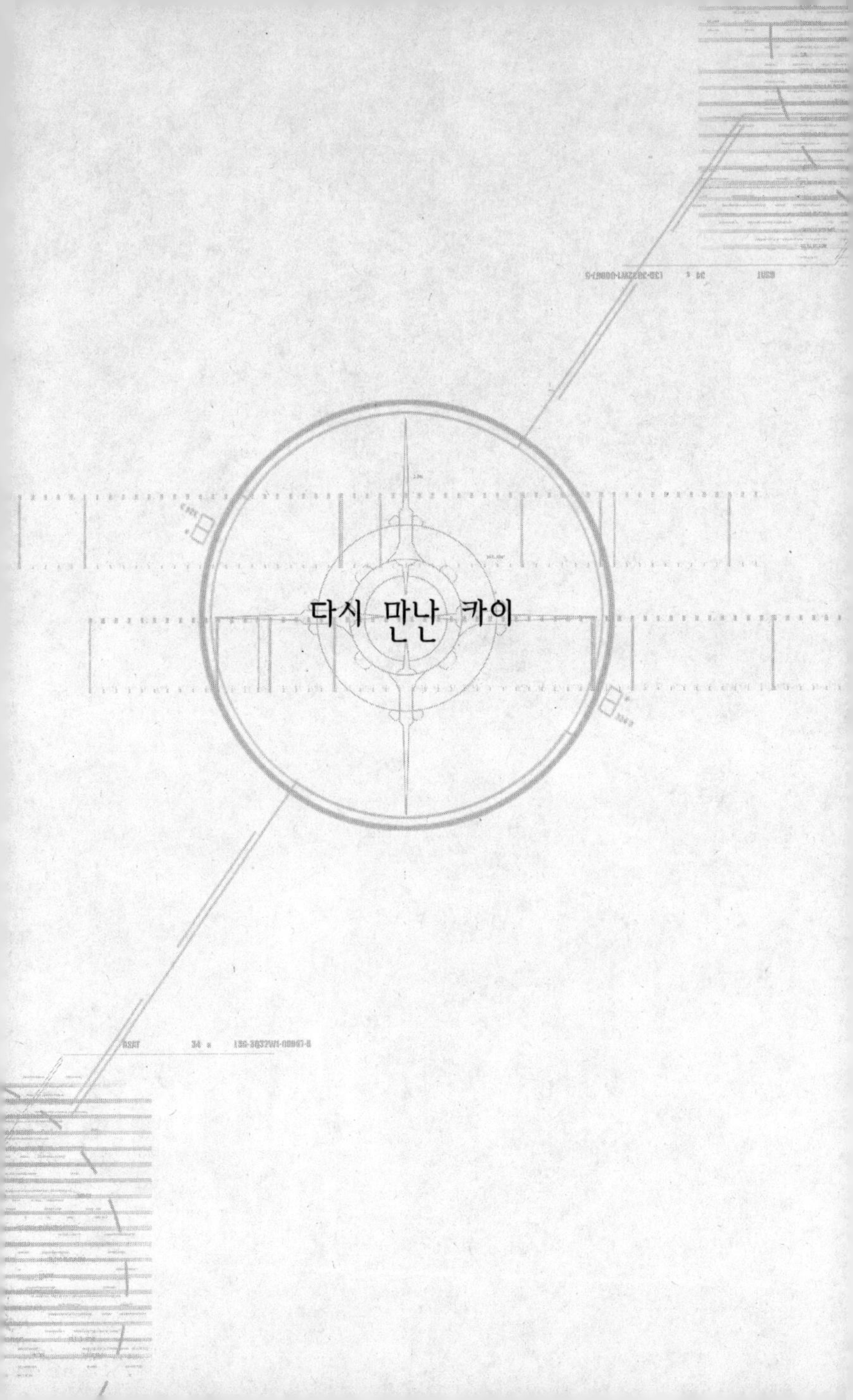

다시 만난 카이

Taming
Master

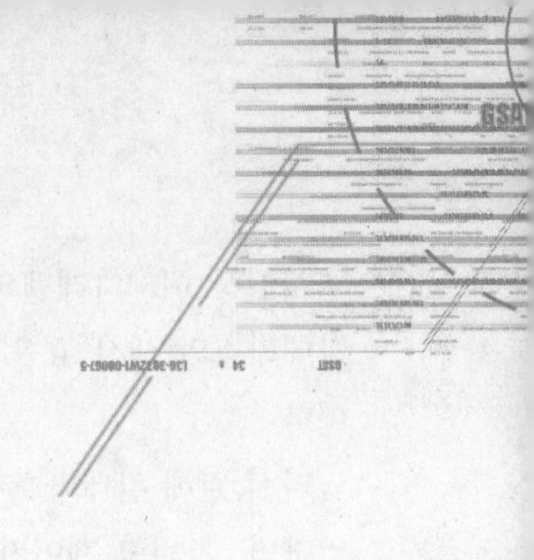

'차원력 제어기' 건물은 단기적으로는 그렇게까지 대단한 건물이 아니었다.

3티어의 건물들 중에서 건설에 필요한 자원도 저렴한 편이었으며, 이 건물이 없다 해서 4티어나 5티어에서 짓지 못하게 되는 건물이 있는 것도 아니었으니 말이다.

차원력 제어기의 역할은, 단 한 가지뿐.

*전장에서 사용되는 모든 차원력의 효율을 증가시킵니다. '차원력 제어기'의 건물 레벨에 비례하여, 유닛을 생산하거나 건물을 건설할 때 소모되는 모든 차원력이 감소됩니다.(차원력 제어기 레벨 1당 5%)

사실상 이제 1레벨의 차원력 제어기가 건설된 로터스와 칼데라스의 생산 효율 차이는 고작 '5%'밖에 되지 않는 것이다.

다시 말해 칼데라스가 전투에서 5% 이상의 이득을 볼 수 있다면, 차원력 제어기의 차이를 우선은 극복할 수 있다는 말이다.

하지만 이것은 단기적인 계산일 뿐.

정말 극후반까지 간다면 로터스의 차원력 제어기는 최고 레벨인 10레벨까지 올라갈 것이고, 그때는 돌이킬 수 없게 될 것이었다.

'잔머리를 아주 잘 굴렸단 말이지.'

그래서 지금 칼데라스는 전투를 '강요'당할 수밖에 없었다.

조금이라도 불리가 적은 시점에 전투를 벌여서, 로터스에게 빼긴 제어기 건설 부지를 확보해야 했으니 말이다.

만약 로터스의 이 전략에 당하지 않았더라면, 칼데라스는 수성에만 신경 쓰며 한동안 테크를 올렸을 것이었다.

첫 전투에서 로터스에 비해 1.5~2배 수준의 자원을 확보하였으니.

로터스의 성채 발전 속도를 충분히 따라잡고도 남는다는 계산에서 말이다.

이렇게 되면 반대로 로터스가 공격을 강요당하는 상황이었을 것이었고, 이것이 바로 알파인이 원했던 이상적인 그림.

그러나 로터스의 기막힌 한 수로 인해, 상황이 또 뒤집어져 버렸다.

"일부러 걸어 잠근 성문을 직접 열고 나가야 하는 상황이라…… 썩 유쾌하지는 않지만."

펄럭-!

전설 등급의 마룡, '카툴라'에 올라탄 카이가 성 밖으로 날아올랐다.

"기왕 이렇게 되었으니, 알파인도 날 막을 명분은 없어졌겠지."

칼데라스를 키워 낸 것만 봐도 알 수 있겠지만, 카이는 충분히 영리하고 똑똑한 유저였다.

다만 성향상 머리 굴리며 계산기를 두들기는 것보다는 힘으로 해결하는 것을 좋아하는 패도적인 유저일 뿐이었다.

그래서 카이에게는 알파인이 필요했다.

자기 대신에 머리를 굴려 줄, 그리고 가지고 있는 강력한 힘을 가장 효과적으로 사용할 수 있게 해 줄.

일종의 '제어 장치' 같은 것이 필요했던 것이다.

하지만 알파인의 지략이 아무리 뛰어난들 완벽한 것은 아니었고, 때문에 간혹 지금과 같은 상황이 벌어질 때가 있었다.

그리고 이렇게 변수가 생긴 모든 경우에서, 카이는 그것을 힘으로 해결해 왔었다.

'그것이 오늘이라고 해서, 특별히 다를 것은 없겠지.'

펄럭-!

마룡의 거대한 날갯짓과 함께, 카이를 위시한 칼데라스의 용기사단이 로터스의 기사단을 향해 쇄도하였다.

그리고 그와 거의 동시에.

끼이익-! 쿵-!

칼데라스의 성문이 열리며, 모든 병력이 쏟아져 나오기 시작하였다.

카이가 일말의 망설임도 없이 총력전을 걸어 버린 것이다.

기사단을 제외한 모든 병력의 티어 차이가 1티어 이상 나는 상황에서, 그야말로 과감한 선택이 아닐 수 없었다.

-역시 승부사 카이!

-전략적으로 불리하다는 것을 분명히 알고 있을 텐데, 망설임 없이 선공을 감행하는군요!

자신들이 깔아 놓은 판에서 칼데라스의 공격을 여유롭게 기다리는 로터스와, 그런 로터스를 향해 망설임 없이 검을 뽑아 드는 대전사 카이의 기사단.

그 두 전력의 2차 격돌이 눈앞에 다가오자, 살짝 가라앉는 듯했던 전장의 분위기 또한 다시 끓어오르기 시작하였다.

"카이랑 이안이 이전에 만난 적이 있었나?"

"있었지."

"오, 정말? 언제?"

"딱 한 번 있었던 걸로 알아. 신의 말판 전장 마지막 전투에서 말이지."

"아, 맞다……!"

"그때는 이안의 승리였던 걸로 아는데, 이번엔 어떻게 될까?"

"흐흐, 그걸 알면 내가 오늘 아침에 전 재산 털어서 베팅부터 했겠지."

"하긴……."

그리고 이렇게 끓어오른 분위기에 더욱 커다란 불을 지펴버린 것은 카이의 거침없는 행보였다.

–아, 카이가……! 카이가 그대로 이안을 향해 쇄도합니다!

–이번 전투에서 드디어……! 카이와 이안의 진검 승부를 볼 수 있겠어요!

내성의 성벽을 넘어 하강하는가 싶더니, 곧바로 방향을 틀어 이안을 향해 직진하기 시작한 것이다.

쐐애애액–!

지금까지 알파인의 전략에 따라 보수적으로 움직였던 그

인물이 맞는지 의심스러울 만큼, 카이의 행보는 놀랍다 못해 파격적인 것이었다.

–전략이고 나발이고, 이안만 잡을 수 있으면 우승이거든요!

–그렇습니다! 이게 바로 카이만이 보여 줄 수 있는 패기겠지요!

–이안의 비룡과 카이의 마룡이 점점 더 가까워집니다!

–이제 이안과 로터스는 이 상황에서 어떻게 대응할 것인가!

카이를 위시한 칼데라스의 기사단은 정말 뒤가 없다는 듯 로터스의 기사들을 향해 저돌적으로 비행하였다.

그리고 그런 그들을 마주한 로터스의 기사단원들은 긴장된 표정으로 검을 뽑아 들기 시작하였다.

"생각보다 반응이 빠른데?"

헤르스의 중얼거림에 이안이 고개를 끄덕이며 대꾸한다.

"그러게. 조금은 더 고민하고 움직일 줄 알았는데 말이지."

그리고 모두가 긴장한 이 상황 속에서도, 이안의 표정에는 여유가 넘쳤다.

이 모든 상황을 만들어 낸 것이 그였으며, 이 상황 또한 이안의 예상 범주 안에 있는 것이었으니 말이다.

이안의 입장에서는 그저, 의도했던 대로 된 것뿐이었다.

'뭐, 카이가 생각보다 현명하네. 기왕 싸울 거면 조금이라도 빨리 튀어나오는 게 맞지.'

스릉-!

심판 검을 뽑아 든 이안이 마주 다가오는 카이를 응시하며 히죽 웃었다.

그리고 바로 그 순간.

펄럭-!

황금빛으로 빛나는 이안과 로터스의 기사단이 칼데라스의 기사단들과 뒤섞이기 시작하였다.

이안이 아웃되면 로터스가 패배하는 것과 마찬가지로, 카이가 아웃되면 칼데라스 또한 패배할 수밖에 없다.

그리고 관중의 입장에서 이 상황을 이성적으로 본다면, 분명 카이의 선택을 무모하고 성급한 것으로 보일 것이다.

하지만 지금의 상황에 대한 이해도가 가장 높은 이안은 오히려 카이의 선택을 높게 평가하였다.

"협공은 오히려 비효율적이야."

"응?"

"카이는 내가 맡을게."

"……!"

이안은 카이가 뭘 믿고 있는지조차, 이미 꿰고 있었으니 말이다.

'후후.'

카이를 PVP로 쓰러뜨려 본 유일한 유저가 바로 이안이다.

그리고 그렇기에 이안만이 알 수 있는 카이의 고유 능력이 하나 있었다.

'대전사의 용맹…… 역시 그걸 믿고 있는 것 같은데…….'

카이가 가지고 있는 가장 특별한 고유 능력이자, 어쩌면 지금의 카이가 존재할 수 있도록 만들어 준 고유 능력일 대전사의 용맹.

대전사의 용맹은 다수의 인원에게 공격당할수록 모든 전투 능력이 증폭되는 패시브 능력이었고, 그 상대의 실력이 떨어질수록 그 증폭량이 더 커지는 고유 능력이었다.

다만 그 버프량이 강력한 만큼, 그에 비례하는 페널티가 있었는데, 그 페널티가 바로 다음과 같은 것이었다.

*만약 대전사의 용맹이 켜진 상태에서 누군가에게 처치당한다면, 전장에서 쌓은 모든 강화 효과를 상대에게 빼앗기게 됩니다.

'처음 이 버프가 들어왔을 땐…… 진짜 당황스러울 정도였지.'

이안이 카이의 이 능력을 알게 된 것은 당연히, 신의 말판 전장의 마지막 전투에서였다.

그 마지막 전투에서 카이를 벤 것이 바로 이안이었으니, 의도치 않게 고유 능력의 효과에 대해서 알 수 있었던 것이다.

물론 정확한 메커니즘까지는 이안도 확인할 수 없었지만, 카이가 지금껏 일인 군단에 가까운 전투력을 보여 준 것이 이 능력 때문이라는 정도는, 확실하게 짐작할 수 있는 수준이었다.

그리고 이 상황이 재밌는 것은, 이안이 '대전사의 용맹'에 대해 알고 있다는 것을 카이 또한 인지하고 있다는 점이었다.

그러니 카이로서는 이안을 향해 깔끔하게 승부수를 띄운 것이다.

'내가 이렇게 대응할 것까지도, 카이는 아마 예상하고 있겠지.'

그리고 이안의 머릿속에서 이런저런 생각들이 스쳐 간 사이, 어느덧 카이와 이안의 검이 허공에서 맞부딪치기 시작하였다.

까강-!

이안과 한 차례 검을 맞부딪힌 카이가 흥미롭다는 표정으로 입을 열었다.

"일전에도 느낀 거지만…… 잔머리 하나는 기가 막히게 굴리는군."

이 한 번의 전투로 모든 것이 결정될지도 모르는 긴장감

넘치는 상황이었지만, 카이는 이 상황을 진심으로 즐기고 있었다.

그로서는 정말 오랜만에 느끼는 긴장감이었으니 말이다.

그리고 즐거운 것은 이안 또한 마찬가지였다.

그에게도 역시 지금껏 만나 본 모든 유저들 중 가장 강력했던 실력자가 카이였고, 때문에 전장의 결과를 떠나 카이와 진검 승부를 펼친다는 사실 자체가 즐거운 것이다.

"잔머리라…… 그런 이야기를 들을 정도로 조잡한 전략은 아니었던 것 같은데."

까강-!

카이의 검을 한 차례 더 받아 낸 이안이 한쪽 입꼬리를 히죽 말아 올렸다.

'여기서 한 번 더 이 녀석을 잡아낸다면, 이제 확실하게 얘기할 수 있겠지.'

까가강-!

'카일란의 최강자는 소환술사 이안이라고 말이야.'

어쩌면 '대전사의 용맹'을 가진 카이는 소환술사들에게 최악의 적수라 할 수 있었다.

전투의 절반 이상을 소환수들의 전력에 의존해야 하는 소환술사에게, 대전사의 용맹은 상성이 치명적일 정도로 좋지 않았으니 말이다.

아마도 이안이 아니었더라면, 전투 메커니즘상 그 어떤 소환술사도 카이를 상대할 수 없었을 터.

하지만 그럼에도 불구하고 이안은 확신하고 있었다.

이 전장에서 카이는 결코 자신의 상대가 될 수 없음을 말이다.

"전날의 패배는 오늘 갚아 주도록 하지."

"할 수 있으면, 한번 해 보든가."

콰콰쾅-!

커다란 폭음과 함께, 전장의 한복판에 또 하나의 작은 전장이 열렸다.

카이와 이안이 대결하는 위치를 주변으로, 그 누구도 접근하지 않았기 때문이었다.

그리고 전장을 지켜보는 팬들의 입장에서, 이 상황은 더욱 흥미진진한 것일 수밖에 없었다.

물론 카이가 가진 고유 능력의 구조적인 메커니즘 때문에 벌어진 현상이었지만, 팬들의 입장에서 그런 것은 아무래도 상관없었으니 말이다.

"카이……! 이번에야 말로 이안을 밟아 버려! 이번에는 다른 어떤 변수도 없다고!"

"이안갓! 믿습니다……!"

"어딜 카이 따위가 이안느님에게……!"

기사 대전이라는 최대 규모의 글로벌 PVP 결승전답게, 마지막까지 최고의 퍼포먼스를 보여 주는 로터스와 칼데라스!

그 중심에 있는 이안과 카이는 자신의 모든 것들을 상대에게 쏟아붓기 시작하였다.

그리고 둘이 보여 주는 전투는 과거 신의 말판 때와는 또 차원이 다른 것이었다.

그때의 두 사람은 중간계에 처음 발을 들였던 새내기 초월자였다면, 지금의 두 사람은 완성형에 가까운 초월자였으니 말이다.

콰쾅-콰아앙-!

평범한 유저들로서는 머릿속으로 상상조차 불가능할 만큼.

현란하고 무지막지한 두 사람의 치열한 대결.

하여 모든 유저들은 숨죽인 채 이 대결을 지켜보기 시작하였다.

지금 이 순간, 모든 유저들이 한 가지 사실을 깨달았으니 말이었다.

이 전투의 결과가 곧, 기사 대전의 결과를 결정지을 것이라는 사실 말이다.

꿀꺽-.

누군가의 침 삼키는 소리마저 적나라하게 들리는 조용하고 어두운 사무실.

사무실에 앉아 있는 기획 3팀의 모든 인원들은 초조한 표정으로 커다란 스크린에서 눈을 떼지 못하고 있었다.

"제, 제발……."

"힘을 내라고……!"

뭔가를 간절히 바라는 건지, 두 손을 꼭 모은 채로 스크린을 응시하는 3팀의 직원들.

그런 그들의 귓전으로, 스크린 안에서 흘러나온 흥분된 목소리들이 들려왔다.

—이안의 검이 현란하게 움직이며 카이의 모든 공격을 막아 냅니다!

—이럴 수가 있나요? 순식간에 연타로 들어오는 기술들을 무기 막기로 전부 완벽하게 흘려 버렸습니다!

—역시 이안! 소환술사라는 클래스가 무색한 검술 실력입니다……!

지금 할 일도 많은 기획 3팀 직원들의 모든 업무가 스톱된 것은 이 기사 대전의 마지막 경기 때문이었다.

기사 대전의 결승전이라는 상징성 때문에라도 기획팀의 입장에서 시청해야만 하는 경기였지만.

특히 기획 3팀의 경우에는 이 경기를 봐야 할, 또 다른 이유가 있었으니 말이었다.

"제발, 넌 할 수 있어, 카이."

"네가 못 잡으면 끝이야……."

"와 씨, 저걸 막는다고?"

어쩐 일인지 한국 서버의 랭커인 이안이 아니라, 미국 서버의 랭커인 카이를 응원 중인 기획 3팀의 직원들!

"이러지 마, 카이야……."

"신화 장비 둘둘 했으면 돈값 해야지……."

그리고 직원들이 이렇게 된(?) 데에는 당연히 그만한 계기가 있었다.

지금으로부터 정확히 20여 분 전.

나지찬으로부터 충격적인 이야기를 들었으니까.

-잠깐.

-왜요, 팀장님?

-그러고 보니 이거…… 문제가 심각한데?

-불안하게 갑자기 왜 그러세요……?

다 같이 한마음으로 이안과 로터스를 응원하던 도중, 나지찬이 문득 의미심장한 이야기를 시작하였고.

-만약, 만약에 말이야.

-……?

-로터스가 여기서 칼데라스를 잡고 우승하면…….

-우승하면요?

—우승 길드 특전 싹 다 가져갈 거 아냐.

—그거야 당연하죠.

—뭐 딱히 좋은 장비를 주거나 특별한 스킬이 보상으로 걸려 있는 것도 아닌데…… 문제 있나요?

이안이 진행 중인 퀘스트와 우승 보상으로 걸린 특전의 연관성이, 나지찬의 이야기 덕에 생각나 버린 것이다.

우선 기사 대전의 우승 길드가 가져갈 수 있는 특전은 다음과 같은 것이었다.

*기사 대전에서 10위 이상의 성적을 기록한 길드의 모든 길드원들은 다음 기사 대전이 열릴 때까지 '기사도의 축복' 효과를 받습니다.(모든 전투 능력+5%, 모든 획득 경험치+5%, 사망 페널티 감소 -50%)

*기사 대전에서 우승한 길드는, 다음 기사 대전이 열릴 때까지 기사단을 추가로 하나 더 운영할 수 있습니다.

*기사 대전 전체 MVP로 선정된 유저에게는 '천공의 기사' 칭호와 이펙트가 부여됩니다.(천공의 기사 : 모든 초월 명성 +30% 중간계 모든 NPC와의 친밀도 +20 상승)

사실 이 특전은 어찌 보면 기사 대전이라는 카일란 최대 규모의 PVP 콘텐츠 우승 보상치고는 작아 보일 수 있는 것이었다.

그래서 기획 3팀도, 이에 대해 크게 신경 쓰고 있지 않았던 것이고 말이다.

하지만 문제는 이 특전을 가져가는 이가 '이안'이 될 경우에 생겨나는 것이었고.

그 이유는 다음과 같았다.

-문제는 두 가지 정도겠네.

-두 가지요?

-일단 로터스에 기사단이 하나 더 추가된다는 거랑…….

-음, 그건 확실히 이안에게 날개를 달아 주긴 하겠네요.

-하지만 이건 그렇게 치명적인 건 아니고, 사실 제일 큰 문제는 두 번째야.

-두 번째가…… 뭔데요?

-'천공의 기사' 칭호.

-……?

-분명 오늘 우승하는 팀에서 MVP가 나올 거고, 그건 당연히 카이 아니면 이안이겠지.

-그, 그렇겠죠?

-초월 명성 더 얻는 건 사실 큰 의미 없는데, 문제는 친밀도야.

-네……?

–그게 무슨 말이에요, 팀장님?

–지금 이안이 진행 중인 퀘스트 생각해 봐.

–그야 정령왕 퀘스트……!

–커헉……?

–이제 슬슬 이해되지? 내가 왜 심각한 상황이라고 했는지 말이야.

지금 이안은 사실상 홀로 정령계의 콘텐츠들을 독식한 상황이었다.

그 때문에 그 과정에서 이미 정령 수호자, 정령왕 등의 핵심 NPC들과의 친밀도가 최상이었는데, 여기에 20이라는 친밀도가 더 추가되는 게 문제였다.

카일란의 시스템상 퀘스트나 보상으로 획득하는 친밀도는 맥스 수치 이상으로 쌓이게 되어 있는데.

이안의 경우 이 보상을 받는 순간, 정령왕 트로웰과의 친밀도가 맥스를 뚫고 올라가는 것이다.

그리고 이것의 문제는 간단했다.

–이안이 트로웰을 쓸 수 있는 범주가…… 더 넓어지겠네요.

–그렇지.

–여기에 기사단 두 개씩 굴릴 시너지까지 같이 들어가

면…….

–지옥이군.

그렇지 않아도 이안의 콘텐츠 진행도에 맞추기 위해 철야 중이던 3팀의 입장에선, '콘텐츠 파괴 부스터'나 다름없는 이 '천공의 기사' 칭호가 어떻게든 이안이 아닌 다른 사람의 손에 들어가길 바랄 수밖에 없는 것이다.

물론 카이가 천공의 기사 칭호를 가져간다 해도, 명계 쪽의 콘텐츠가 파괴되는 것은 크게 다르지 않다.

하지만 기획 3팀의 입장에서, 그런 것은 상관없었다.

그쪽은 자신들의 소관이 아니었으니 말이다.

야근 보존의 법칙(?)에 의해 누군가는 야근을 하게 되겠지만, 누가 야근을 하든 본인들만 아니면 상관없는 것.

"잘한다, 카이……!"

"와, 카이가 갑자기 멋있어 보이네."

"크, 저기서 이안의 공격을 저렇게 또 예측한다고?"

"제발 이기자. 여기서 이기면, 오늘부터 카이 팬클럽 가입한다."

하지만 기획 3팀 팀원들의 이 간절한 염원은 결코 쉽게 이뤄질 수 없었다.

–아, 카이의 공격이 닿는 바로 그 순간……!

—이게 어떻게 된 건가요?

—이안의 몸이 잔영을 남기고 사라집니다!

3팀의 염원이 이뤄지기 위해 필요한 필수 불가결한 한 가지의 조건.

—버, 번개가!

—심판의 번개가 내리칩니다!

이안이 패해야 한다는 그 조건은 이안이라는 유저가 랭커로 알려진 이후 단 한 번도 충족되지 못했던 조건이었으니 말이었다.

랭커들의 PVP는 투기장에서 흔히 볼 수 있는 PVP들과 완전히 양상이 다르다.

서로 지속적으로 딜을 쑤셔 넣으며, 먼저 생명력이 다 닳은 유저가 패배하는 평범한 PVP와 달리.

기사 클래스를 제외한다면, 랭커들의 싸움은 거의 한 방 싸움이었으니 말이다.

특히 글로벌 기준 최정상에 있는 두 사람 사이의 PVP는 그 정도가 더욱 심하였다.

둘 모두 탱킹보다는 파괴력 쪽으로 세팅이 극대화된 유저들이었고, 때문에 무기 막기나 회피 등에 실패할 시, 서로 상대의 공격력을 버텨 낼 수 없는 수준이었으니 말이다.

이안이건 카이건, 서로의 검에 제대로 된 치명타를 입는 순간, 그대로 빈사 상태가 될 것이 자명한 것.

그 때문에 둘의 전투는 긴장감의 연속이었다.

누가 먼저 실수를 하여 상대에게 공격을 허용하느냐.

그 한 번이 이 모든 싸움의 결과를, 결정지을지도 몰랐으니 말이다.

실수 없이 모든 공격을 막아 내고, 반대로 상대의 실수를 유도해 내는 것.

이것이 지금 승리를 위해, 이안이 해내야 할 일이라고 할 수 있었다.

'변수를 만들어 내야 실수를 유도할 수 있을 테고……. 그러기 위해선 설계가 필요하겠지.'

이안과 카이는 기사 대전 이전에 단 한 번 맞부딪쳤을 뿐이었지만, 적어도 PVP 스타일에 대해서는 누구보다 서로에 대해 잘 알고 있었다.

서로가 가진 고유 능력들과 피지컬.

그에 더해 전투를 운영하는 스타일까지도.

PVE가 아니라면, 서로를 제외하고는 그 누구와도 이렇게까지 전력을 다해 싸워 본 적이 없었을 테니.

어쩌면 너무 당연할 수밖에 없는 것이다.

그래서 지금 이안은 카이가 모르는 부분을 최대한 숨기는 것이었다.

신의 말판 전장에서는 보여 주지 않았던.

최근의 콘텐츠 진행으로 얻게 된, 심판 검의 고유 능력들과 같은 히든카드들.

그것들이 이안의 무기라고 할 수 있었다.

그리고 그런 이안의 설계를, 카이 또한 본능적으로 느끼는 듯하였다.

"좀 더 시원하게 싸울 순 없나?"

"흠……?"

"그런 샌님 같은 전투 스타일. 맘에 들지 않으니까."

사실 이안이 무너지지 않는 이상, 유리한 것은 로터스였다.

로터스는 전진기지를 지키기만 하면 되는 입장이었고, 칼데라스는 그곳을 탈환해야 하는 입장이었던 데다, 상위 테크를 먼저 달성한 로터스의 병력이 전력 자체도 좀 더 우위에 있었으니 말이다.

해서 지금의 상황 자체가 이안은 느긋하고 카이는 조급할 수밖에 없는 상황이긴 하였다.

그래서 이안이 본능적으로, 더 보수적인 플레이를 보여 준 것이고 말이다.

'뭐, 더 이상 그럴 필요는 없을지도.'

카이의 붉은 검에서 피어오른 검풍이 더욱 난폭하고 거세게 휘몰아치기 시작하였다.

그리고 그것을 확인한 이안은 슬슬 마침표를 찍을 준비를 하였다.

지금껏 그 어떤 PVP에서도 볼 수 없었을 만큼, 팽팽하고 치열했던 두 랭커의 일기토.

하지만 그 팽팽함 속에서도 분명한 차이는 존재했고, 그 작은 차이는 오직 이안만이 느낄 수 있는 것이었다.

무려 20여 분이 넘게 이어진 전투 시간 동안, 이안은 카이의 거의 모든 것을 파악했으니 말이었다.

'파멸의 회오리라…… 이렇게 되면 분명, 폭풍난입을 이어서 발동시키겠지.'

카이의 공격 패턴은 결코 단순하지 않았다.

다만 그 단순하지 않은 모든 경우의수조차, 이안의 분석을 피해 갈 수 없었을 뿐이었다.

"처음부터 결과는 정해져 있었다, 카이."

"……?"

"과거에도, 그리고 지금 이 순간에도 말이지."

"그게 무슨……!"

카이의 검이 이안의 심장을 관통하려던 순간, 이안의 신형이 흐릿해지며 여러 갈래로 분리되었다.

'서먼 인카네이션Summon Incarnation'을 사용하여 카이의 근접 공격을 찰나에 흡수하는 고난도의 컨트롤을 보여 준 것이다.

하지만 여기까지는 카이 또한 예상하고 있었던 전개.

이어진 카이의 고유 능력 '파멸의 회오리'가 뿜어 나오며, 이안의 분신들이 전부 그 회오리 안으로 휩쓸려 들어갔다.

이어서 한 줄기 폭풍으로 변한 카이의 신형이, 회오리를 타고 이안의 본신을 향해 쇄도해 들어왔다.

"이것으로, 끝이다, 이안."

카이의 묵직한 목소리를 들은 이안이 피식 웃으며 고개를 끄덕였다.

카이의 말처럼, 이것으로 끝이었으니 말이다.

'그래, 끝이긴 하지. 그게 너의 끝일 테지만 말이야.'

카이가 마지막으로 사용한 고유 능력인 폭풍난입은, 순간적으로 바람 속에 스며들어 적을 기습하는 최고의 암살 기술이었다.

어지간한 암살자 클래스의 고유 능력 이상으로 대응하기 까다로운 최강의 고유 능력이었던 것이다.

그리고 이 기술이 까다로운 가장 큰 이유는 바로 이것이었다.

폭풍난입의 공격에 피격당하기 전까지, 시전자를 타깃팅할 수 없다는 것.

하지만 이 모든 상황을 의도해 낸 이안에게 그러한 페널티는 아무런 의미가 없었다.

바람에 녹아든 카이의 신형이 이안에게 도달하기 직전.

콰쾅-콰콰쾅-!

현존하는 가장 강력한 광역 스킬, '심판의 번개'가 떨어져 내렸으니 말이었다.

깡-촤아악-!

물론 다수를 상대로 충전된 번개는 아니었기에, 이 한 방으로 카이를 처치하는 것은 불가능했다.

다만 이안이 노린 것은 한 가지.

이 충격으로 인해 카이의 폭풍난입이 빗나가게 만드는 것이었다.

쐐애액-!

폭풍난입이 빗나가는 순간, 카이의 신형은 다시 노출될 수밖에 없으며, 이 상황에서는 아무리 카이라 하더라도 예측된 이안의 공격에 대응해 낼 방법이 없었으니 말이었다.

"커헉-!"

낙뢰의 충격으로 중심을 잃은 카이의 등짝을 향해, 이안의 팔꿈치가 그대로 작렬한다.

퍼억-!

이어서 카이가 튕겨 나간 방향을 향해, 세 자루의 심판 검이 차례대로 내리꽂혔다.

콰쾅—콰아앙—!

그리고 그것으로.

—'칼데라스' 기사단의 기사단장, '카이'가 사망하였습니다.

기사 대전 최후의 전투가 막을 내렸다.

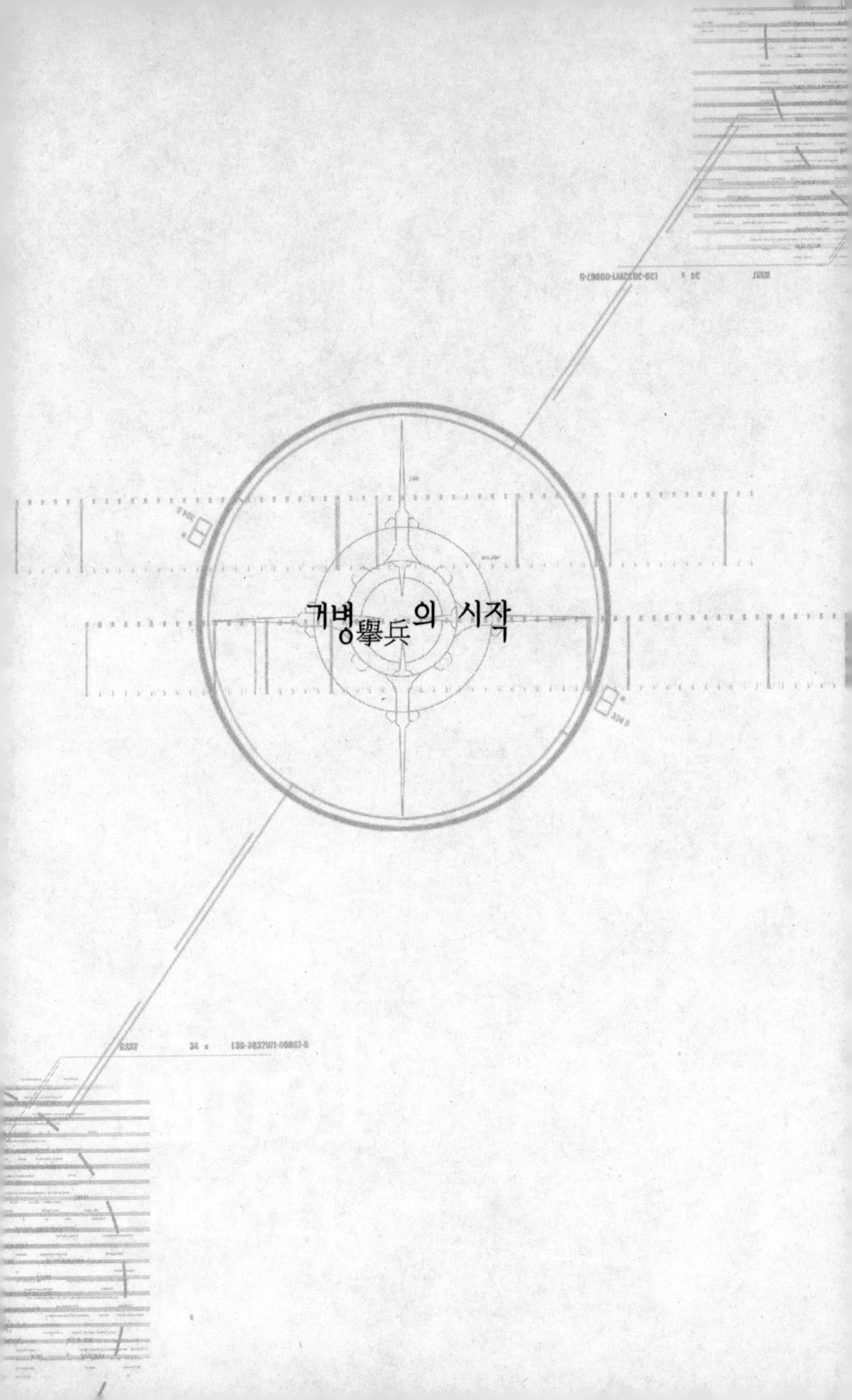

거병擧兵의 시작

Taming
Master

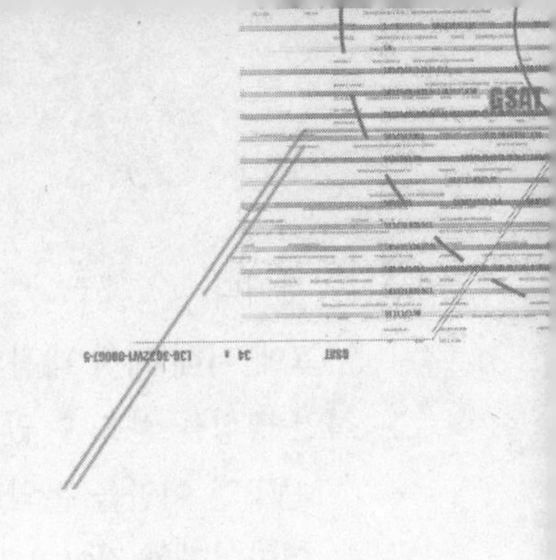

총 한 달도 넘는 제법 긴 기간 동안.

카일란의 기사 대전은 전 세계를 달궈 놓았다.

기존의 PVP 대전 대부분이 각 서버 안에서만 진행되었던 때와 비교하면.

사실상 기사 대전은 국가 대항전 같은 느낌이었으니, 판 자체가 완전히 커질 수밖에 없었던 것이다.

그리고 이 화려했던 기사 대전의 마지막을 장식한 주인공은 결국 이안이었다.

결국 최후의 전투에서 이안은 그 어떤 근거를 들어도 폄하할 수 없을 만큼 완벽한 실력으로 카이를 제압하였고.

그것으로 자신이 카일란 최고의 유저임을 완벽하게 증명

한 것이다.

그에 더해 기사 대전의 우승 길드가 된 로터스 또한, 세계적인 명성을 얻을 수 있었다.

MVP인 이안을 논외로 치더라도, 로터스가 보여 준 저력은 어마어마한 것이었으니.

기존의 로터스가, 카일란을 플레이하는 모든 한국 서버 유저의 워너비였다면.

이제는 전 세계 모든 카일란 유저들이 로터스라는 이름을 선망하게 된 것이었다.

"크……! 대박!"

"결국 이렇게 될 줄 알았다고."

"칼데라스도 역시, 로터스의 상대는 아니었네."

이안의 심판 검에 무릎 꿇은 카이.

카이가 쓰러짐과 동시에, 새하얀 재가 되어 무너져 내린 칼데라스의 성채와 기사단들.

포르투나에서 그 광경을 직관하던 팬들은 하나도 빠짐없이 자리에서 벌떡 일어설 수밖에 없었고.

로터스의 승리가 결정되었음에도 불구하고, 한동안 자리를 뜰 수 없었다.

그리고 그 모든 장면은 기사 대전이 끝난 뒤에도 계속해서 유저들 사이에 회자되었다.

"비록 이안에게 지기는 했지만, 카이도 정말 대단하긴 대단했지.”

“카이랑 이안의 전투 영상은…… 슬로로 돌려 봐도 뭐가 어떻게 된 건지, 이해하기 힘들 정도라니까?”

“둘이 보여 줬던 그 마지막 전투는 앞으로도 다시 보기 힘든 수준일 거야.”

“하아, 로터스 길드원들 부럽다. 사실상 세계 랭킹 1위 길드네, 이제.”

우승으로 인해 로터스가 얻은 것은 게임 내적인 보상보다도 외적인 명성이 훨씬 더 컸던 것이다.

그 때문에 로터스의 모든 길드원들은 근래 들어 가장 행복한 하루를 보내고 있었다.

물론 2프로 아쉬움이 남아 있는 훈이 같은 길드원도 없진 않았지만 말이다.

“쳇, MVP만 내가 먹었어도, 지금보다 최소 두 배는 더 행복했을 텐데.”

기사 대전의 시상식.

MVP의 화관을 머리에 쓰는 이안을 보며, 훈이가 입을 삐죽이며 투덜거렸다.

그러자 옆에 있던 레미르와 카윈이 끌끌 혀를 차며 입을 열었다.

"바랄 걸 바라라."

"길드 콘텐츠에서 MVP 해 보려면, 다른 길드 가는 게 어때, 훈이."

"응?"

"이안 형이 길드 탈퇴하기 전까지, 네가 로터스에서 MVP를 꿈꾸는 건 불가능할 것 같아서 하는 말이야."

카윈의 날카로운 팩트 폭력에, 삐죽 튀어나왔던 훈이의 입술이 더 불만스럽게 꿈틀거렸다.

"칫! 나 진짜로 다른 길드 간다?"

훈이가 씩씩거리며 길드원들을 협박(?)했지만, 그런 것이 통할 리는 만무한 상황.

이번에는 헤르스가 훈이 놀리기에 한마디 거들었다.

"흐음, 새로 창설할 기사단의 단장 자리를 훈이한테 주려 했는데…… 이렇게 되면 다른 길드원을 알아봐야 하나?"

그리고 헤르스의 한마디는 굉장한(?) 효과를 발휘했다.

"하, 하하. 그게 무슨 말이야, 헤르스 형. 당연히 농담이지, 농담."

"농담 아닌 것 같던데……."

"농담이라고, 농담! 여기 로터스 길드가 아니면, 이 훈이가 어딜 가겠어. 흐흐흐."

훈이는 언제 입술을 삐죽였냐는 듯 헤르스의 옆에 찰싹 달라붙어 헤실헤실 웃었고, 놀라울 정도로 단순한 훈이의 반응에 모두는 고개를 절레절레 저었다.

"훈이 저건, 어린놈이 왜 저렇게 감투를 좋아하는지 몰라."

"콘셉트만 중2병이고, 혹시 본질은 아재 아닐까?"

"아냐. 원래 저런 콘셉트 유지하려면, 감투가 중요하거든."

"음, 그것도 일리는 있는 말이네."

언제나 그랬듯, 오늘도 화목한 로터스의 길드원들.

하지만 지금 이 순간 이들이 알 수 없는 사실이 하나 있었으니.

시상대에 서 있는 이안의 머릿속은 이미 콩밭에 가 있다는 사실이었다.

삭막했던 폐허 속에서 다시 청록의 빛을 찾은 대지의 요람.

쿠궁- 쿠구궁-.

커다란 진동음과 함께 푸른 대지의 기운이 요람 주변으로 넘실거리기 시작하였다.

우우웅-!

마치 지진이 나기라도 한 듯, 지축을 흔들며 강렬히 진동하는 대지.

하지만 그 주변에 있던 모든 정령들과 동물들은 조금도 동요하지 않았다.

오히려 뭔가에 홀리기라도 한 듯, 요람 주변에 들어차는 푸른 불빛을, 멍한 표정으로 응시하고 있었다.

-왕께서 돌아오셨어!

-이 기쁜 소식을 수호자께 알려야 해!

-드디어……!

요람에서 뻗어 나온 빛이, 갈라진 대지 사이로 퍼져 나가 새하얀 길을 만들었다.

그리고 길게 이어진 그 하얀 길을 따라, 멀리서부터 그림자 하나가 서서히 다가왔다.

화려한 갑주에 세 자루의 대검을 등에 멘.

황금빛 비룡을 탄 남자.

그가 다가오자 하얀빛은 더욱 강렬해졌고, 이내 허공을 가득 채운 그 빛은 남자를 향해 쏟아져 내렸다.

이어서 다음 순간, 화려한 공명과 함께 남자의 그림자가 요람 안으로 스며들었다.

우웅-!

그리고 그와 동시에.

쿵-!

커다란 굉음이 울려 퍼지며, 마치 아무 일도 없었다는 듯.

모든 빛을 집어삼킨 대지의 요람이, 다시 조용히 잠들었다.

다시 본래의 고요를 찾은 것이다.

겉으로 보기에는 이전과 전혀 다를 것 없이 느껴질 정도로, 다시 침묵하기 시작한 대지의 요람.

하지만 주변에 있던 대지의 정령들은 알 수 있었다.

지금 대지의 요람은 품고 있던 거대한 힘을 뿜어낼 준비를 하고 있는 것이라는 사실을 말이다.

-다들 준비하자.

-그래, 약속의 날이 왔어.

그리고 바로 그 순간.

띠링-!

정령계에 있던 모든 유저들의 눈앞에, 새로운 월드 메시지가 떠오르기 시작하였다.

-'대지의 요람'이 깨어납니다.

-'대지의 정령왕 트로웰'이 거병擧兵을 시작합니다.

-다음의 조건을 충족한 모든 유저들은 트로웰의 군대에 합류할 수 있습니다.

-'정령계'의 메인 에피소드 진행도 30% 이상.

-초월 레벨 30레벨 이상.

……후략……

기사 대전이 끝난 직후.

오히려 로터스 길드는 기사 대전을 치르는 기간보다 훨씬 더 분주하고 바빠졌다.

우승 길드 특전으로 얻게 된 신규 기사단을 편성하는 것부터 시작해서, 기사 대전 결과로 인해 파생된 각종 이슈들이 길드에 쏟아졌으니 말이다.

특히나 기사 대전에 직접적으로 활약했던 랭커들의 경우, 세계 각지에서 쏟아지는 인터뷰에 치여 아무것도 못 할 정도.

물론 훈이처럼 이 모든 상황을 즐기는 이들도 많았지만, 그렇지 않은 케이스들도 분명히 존재했다.

조용한 것을 좋아하는 레비아 같은 길드원들은 길드 전체 인터뷰를 제외하고는 어떤 인터뷰에도 응하지 않았으니 말이다.

하지만 이 와중에도 가장 극단적인 인물은 역시 이안이었다.

"이안, 이안이 어디 갔어?"

"어, 시상식 끝날 때만 해도 있었잖아?"

"헤르스 형, 따로 들은 얘기 없어?"

시상식이 끝남과 거의 동시에, 길드 인터뷰조차 제쳐 두고 바람처럼 사라져 버린 인물이 바로 그였으니까.

"와 씨, 길드 인터뷰에 MVP가 없는 게 말이 돼?"

"하, 이 형은 진짜 또 어딜 간 거야."

"후, 이럴 거면 MVP는 그냥 날 주지."

딱히 이안이 사라진 것이 길드에 피해되는 일은 아니었지만, 길드원들의 입장에선 당황스러울 수밖에 없는 것.

하지만 길드원들의 당황은 여기서 끝이 아니었다.

기사 대전의 우승으로 인해 생긴 일들이 정리되기도 전에, 생각지도 못했던 길드 메시지를 받아야 했으니 말이었다.

띠링-!

-길드원 '이안'이 새로운 길드 퀘스트를 수령하였습니다.

"뭐? 길드 퀘?"

"미친?"

-'트로웰의 선봉대(에픽)(히든)' 퀘스트가 발동합니다.

"이 상황에서?"

"아니, 또 무슨 일을 벌이는 거야……."

길드원들이 혼란에 빠진 것은 어쩌면 너무도 당연한 것이었다.

길드 퀘스트의 경우 일반 퀘스트보다 훨씬 더 수령 난이도가 어려웠으며, 때문에 같은 등급의 퀘스트라 해도 희귀도나 중요도가 훨씬 높은 게 길드 퀘스트였으니 말이다.

사실상 세계 랭킹 1위나 다름없는 로터스조차도, 진행해 본 에픽 히든 수식어가 붙은 길드 퀘스트는 손가락으로 꼽을 수 있을 정도.

그 때문에 헤르스는 빠르게 이안을 찾기 시작하였다.

"이안이 어디 갔어? 좀 찾아봐. 하린이한테도 연락 넣어 놓고."

길드마스터로서 미리 정보를 얻어야, 어떤 식으로 퀘스트 플랜을 짤지 생각할 수 있었으니 말이다.

하지만 이리저리 수소문해 보아도, 길드원들은 쉽게 이안을 찾을 수 없었다.

이 모든 일들의 원흉(?)인 이안이 지금 있는 곳은 현 시점에서 이안을 제외한 그 어떤 유저도 출입이 불가능한 곳.

'대지의 요람'이었으니 말이었다.

정확히는 모든 힘을 회복한 대지의 정령왕, 트로웰의 앞에 선 이안.

이안이 이렇게까지 모든 걸 팽개치고 요람으로 달려온 이유는 간단했다.

트로웰이 깨어나는 시간은 정해져 있었고, 그 시간이 시상식 일정과 교묘하게 겹친 것뿐이었으니까.

—왔는가, 나의 계약자여.

이전과는 확연히 다른 강렬한 존재감과 위엄을 뿜어내는 트로웰.

그의 앞에 선 이안이 고개를 끄덕이며 대답하였다.

"힘은 전부 회복하신 겁니까?"

—전부……라면 거짓이겠지만, 충분히 회복하였다.

"그럼 이제 일전에 말씀하신대로…… 기계문명과의 전쟁을 시작할 수 있겠군요."

이안의 말에 잠시 뜸을 들인 트로웰이 천천히 고개를 주억거렸다.

—해야지. 그것은 선택적인 문제가 아닌 필연일지니.

이어서 트로웰과 마주한 이안은 심장이 두근거리기 시작하였다.

다시 확인한 정령왕의 힘은 그가 기대했던 것보다도 훨씬 더 엄청난 것이었고.

비록 한시적인 것이기는 하지만, 이 트로웰과 함께 전장을 누빈다면.

그동안 어마어마한 경험치와 이득들을 챙길 수 있을 것이라 확신하였으니 말이다.

—거병을 선언하였으니, 이제 모든 대지의 군단들이 균열로 모일 걸세.

"대지의 군단이라면, 저와 함께 왔던…… 그락투스나, 셀

라무스의 전사 등을 말씀하시는 겁니까?"

—물론 그들 또한 포함이지.

"그렇군요."

—아마 지금쯤 찰리스의 군대도, 낌새를 알아챘을 터. 나의 군대에 대응하기 위한 만반의 준비를 하였겠군.

찰리스라는 이름을 들은 순간, 이안의 두 눈이 더욱 반짝이기 시작했다.

이 전쟁의 판이 더욱 커질수록, 더 큰 이득을 볼 수 있을 테니 말이었다.

'흐흐.'

이어서 기분 좋은 표정이 된 이안이 고개를 끄덕이며 트로웰을 향해 다시 입을 열었다.

"찰리스의 군대는 얼마나 강력한가요?"

—자네가 상대했던 피켄로의 기계 군단. 그런 군단들을 수없이 거느린 존재가, 찰리스라 생각하면 될 테지.

"……!"

—아마 나로서도…… 분명 쉽지 않은 상대일 게야.

심각한 표정으로 이야기하는 트로웰을 보며, 이안은 마른침을 집어삼켰다.

찰리스가 강력할 것이라는 생각은 오래전부터 하고 있었지만.

트로웰의 설명은 예상을 살짝 상회하는 수준이었으니 말

이었다.

'정령계 뉴비 시절에 처음 만난 찰리스가 이렇게까지 거물이었을 줄이야…….'

놀람과 동시에 흥미로움을 느낀 것인지, 점점 더 표정이 상기되기 시작하는 이안.

하지만 이안의 그러한 놀람은 여기서 끝이 아니었다.

기계문명과의 전쟁 에피소드의 전개가 이안이 생각했던 방향과는 조금 다른 방식으로 흘러가기 시작했으니 말이었다.

–그래서 말인데, 계약자여.

"예, 트로웰 님."

–이 전쟁에서 승리하기 위해, 그대가 해 줘야 할 것이 있네.

"말씀하십시오."

이안과 눈이 마주친 트로웰이 묵직한 목소리로 천천히 다시 입을 열었다.

–내가 찰리스의 군대를 상대하는 동안, 그대가 남은 모든 정령계의 힘을 모아 주시게.

"그걸 어떻게……?"

–과거 나의 벗들이 남기고 떠난 정령왕의 권능.

"……!"

–찰리스의 눈을 피해 그것들을 숨겨 놓은 곳을 자네에게 알려 주겠네.

이어서 트로웰의 이야기를 듣는 이안의 두 눈이 점점 더 크게 확대되기 시작하였다.

트로웰의 이야기는 제법 길었다.

하지만 결국 그 내용의 핵심은 그렇게 복잡한 것이 아니었다.

정령계 깊숙한 곳까지 자리 잡은 기계문명들의 잔재.

이것을 전부 몰아내기 위한 전쟁에서 승리하기 위해, 정령계의 모든 힘을 모아야 한다는 이야기였다.

'그러니까 각 사대 속성의 정령들과 NPC들을 모아서…… 전장으로 데려오라는 소리잖아?'

사실 과거에는 정령계의 힘을 전부 모으는 것이, 그렇게까지 어려운 일은 아니었다.

사대 정령왕들의 의지만 모인다면 그것이 곧 정령계 전체를 움직일 수 있는 힘이었으니 말이다.

하지만 그것은 과거의 이야기일 뿐.

사대 정령왕들 중 트로웰 혼자만 남은 지금의 상황에서는 결코 그렇게 쉽게 말할 수 있는 일이 아니었다.

그 때문에 그것이 퀘스트가 되어, 이안에게 부여된 것이고 말이다.

"그 '권능'이라는 것이 있으면, 해당 속성의 병력은 전부 불러 모을 수 있는 겁니까?"

-거의 그렇다고 보면 되지.

"으음……."

-권능을 얻었다는 것은 정령왕의 자격을 얻었다는 뜻이니 말이야.

"정령왕의 자격이라면……."

트로웰의 말을 들은 이안의 두 눈이 반짝이기 시작하였다.

그가 자신에게 뭘 원하는지는 이미 이해했지만, 그것과 별개로 퀘스트 외적인 콩고물(?)에 관심이 생겼으니 말이었다.

'그 권능이라는 것을 얻어 오면, 혹시 마그번을 정령왕으로 만들 수도 있는 걸까?'

정령왕의 대리인이 되어, 해당 속성의 모든 정령을 불러 모을 수 있는 강력한 권능.

그것이 어쩌면 상급 정령을 정령왕으로 진화시키기 위해, 결정적인 역할을 하게 될지도 모른다는 직감이 든 것이다.

하지만 이안의 그 궁금증은 잠시 미뤄질 수밖에 없었다.

띠링-!

트로웰의 말이 끝나자마자 새로운 시스템 메시지가 떠올랐고.

-'정령왕의 대리인' 자격을 획득하셨습니다.

-조건이 충족되었습니다.

그와 동시에 새롭게 얻은 퀘스트 창이 눈앞에 주르륵 하고 펼쳐졌으니 말이다.

-'근원의 숲(에픽)(히든)' 퀘스트를 획득하셨습니다.

'근원의 숲? 이건 또 뭐지?'

고개를 갸웃한 이안은 일단 하려던 말을 멈추고 퀘스트 창으로 시선을 돌렸다.

정령왕 진화에 대한 단서도 물론 중요하긴 하지만 당장은 이 메인 에픽 퀘스트가 더 중요한 게 맞았으니 말이다.

그리고 느낌상 퀘스트를 진행하다 보면, 정령왕 진화에 대한 궁금증도 자연스레 해결될 것 같았다.

이안은 복잡해진 머릿속을 정리하며, 퀘스트 창을 천천히 읽어 내려가기 시작하였다.

근원의 숲(에픽)(히든)(연계)

비터스텔라의 가장 높은 곳에는 천상의 숲으로 이어진 길이 존재한다.
'근원'의 힘이 담겨 있는 고대의 숲이자 '정령왕'들이 잉태되는 정령계의 심장과도 같은 곳.
이곳은 태초부터 존재해 왔던 이름 없는 숲이었지만, 정령계의 모든 정령들은 이곳을 '근원의 숲'이라고 불러왔다.
……중략……

고대의 전쟁으로 인해 소멸한 불의 정령왕 라그나로스와 바람의 정령왕 에실론. 그들이 소멸하며 남긴 권능이 다시 이 근원의 숲 어딘가로 회수되었다고 한다.
근원의 숲으로 가서 불의 권능과 바람의 권능을 찾고, 그 권능을 이용해 불과 바람의 군대를 전장으로 인도하자.
빠른 시간 안에 불과 바람의 힘을 모아야, 전쟁에서 승리할 확률이 높아질 것이다.
퀘스트 난이도 : SSSS
추천 레벨 : ???(초월)
퀘스트 조건 :'정령왕 트로웰'과의 친밀도 100 이상, '기계대전쟁' 에피소드 진행
제한 시간 : 알 수 없음
보상 : 불의 근원, 바람의 근원
*공유할 수 없는 퀘스트입니다.
*한 번이라도 실패할 시, 다시 수행할 수 없는 퀘스트입니다.
*퀘스트에 실패하더라도, 다음 퀘스트가 자동으로 연계되는 퀘스트입니다.

퀘스트 내용을 확인한 이안의 머릿속에, 곧바로 한 가지 의문점이 떠올랐다.

"불의 권능과 바람의 권능이라면…… 물의 권능은 근원의 숲에서 얻을 수 없는 건가요?"

분명 트로웰은 나머지 모든 속성의 지원군을 모아 오라 하였는데, 근원의 숲 퀘스트에 명시된 속성은 불과 바람뿐이었으니 말이다.

그리고 이안의 그 의문점은 트로웰의 대화로 금방 풀릴 수

있었다.

―그렇다네. 자네의 말대로, 물의 권능은 근원의 숲에 존재하지 않는다네.

"음……?"

―소멸된 라그나로스, 에실론과 달리, 물의 정령왕 엘리샤는 아직 이 계의 어딘가에 존재하기 때문이지.

"아아……!"

이안은 고대 정령왕들의 히스토리에 대해 다 알고 있다.

그 때문에 트로웰의 이야기를 곧바로 이해할 수 있었다.

'어쨌든 엘리샤는 찰리스의 마탑에 봉인되어 있으니……. 물의 권능은 그녀가 가지고 있나 보네.'

하지만 이해와 별개로 한 가지 남을 수밖에 없는 궁금증.

이안은 마지막으로 그것을 트로웰에게 물어보았다.

"그럼 물의 지원군을 전장으로 끌어오기 위해선, 어떻게 해야 합니까?"

―흠, 그야 간단하지.

"……?"

―자네가 그들을 직접 찾아가서, 지원 요청을 하면 된다네.

"아……."

―권능이 없으니 명령을 내릴 수는 없겠지만, 직접 찾아가 부탁한다면 그들 모두 기꺼이 정령계를 위해 힘을 합치겠지.

그리고 트로웰의 대답을 들은 이안은 이제 모든 상황을 이해할 수 있었다.

불의 권능과 바람의 권능이 필요한 것은 최대한 빠르게 지원군을 모으기 위함이었던 것이다.

권능이 없더라도 일일이 찾아가 각 종족들에게 도움을 요청할 수는 있겠지만, 그러기에는 시간이 촉박한 것.

'대지의 종족들처럼 각 속성의 종족들이 정령계 곳곳에 산재해 있겠지. 그들의 힘을 하나로 모으는 데 가장 효과적인 게 트로웰이 말하는 권능일 것이고.'

고개를 끄덕이는 이안을 향해, 트로웰이 다시 입을 열었다.

-이러고 있을 시간이 없다네, 이안. 지금 이 순간에도, 기계 군단의 병력은 모이고 있을 것이라네.

"그렇……겠지요."

-근원의 숲으로 가는 길은, 내가 인도해 주겠네. 자네라면 충분히…… 불과 바람의 권능을 가져올 수 있을 게야.

"알겠습니다, 트로웰 님."

이안의 대답이 떨어지자마자, 트로웰의 몸에서 푸른빛이 일렁이기 시작하였다.

그리고 그 빛은 하나의 반짝이는 물체가 되어, 이안의 앞에 나타났다.

띠링-!

—'대지의 날개(초월)(신화)' 아이템을 획득하였습니다.

아이템을 확인한 이안은 또다시 놀란 표정이 될 수밖에 없었다.

퀘스트 내용에도 없는 신화 등급의 초월 아이템이 갑자기 생성되었으니, 아무리 이안이라도 당황할 수밖에 없는 것이다.

"……?"

하지만 아쉽게도(?) 이것은 단지 퀘스트를 진행하기 위해 주어진 일회성 아이템일 뿐이었다.

—근원의 숲으로 가기 위해선, '성운'을 통과해야만 한다네. 하지만 자네가 가진 위격으로는 아직 성운을 밟을 수 없겠지.

"아아……!"

—이걸 사용한다면, 날개가 소멸되기 전까지는 성운을 밟을 수 있을 걸세.

"그렇군요."

—그럼, 무운을 빌겠네, 이안.

이안이 푸른 빛깔의 날개에 손을 뻗자, 그것은 그대로 이안의 등에 스며들어 다시 솟아올랐다.

띠링—!

—'대지의 날개(초월)(신화)' 아이템을 사용하였습니다.

—아이템의 지속 시간 동안, '성운'을 밟을 수 있는 자격이 부여됩니다.

—지속 시간 – 00 : 29 : 59

이어서 트로웰이 손을 뻗은 자리에, 또다시 푸른 빛줄기가 일렁이기 시작하였다.

—내 힘이 닿는 곳까지 자네를 이동시켜 주겠네.

"감사합니다, 트로웰 님……!"

—부디 빠르게 불과 바람의 권능을 얻어, 그들의 힘을 전장으로 보내 주게나.

"물론입니다!"

이안은 더 이상 망설일 것도 없이, 성큼성큼 걸음을 옮기기 시작하였다.

대지의 날개 지속 시간이 30분도 채 안 되는 것을 확인했으니, 이제 여유로울 수 없는 것도 사실이었고 말이다.

하여 이안은 곧바로 트로웰이 만든 포탈 안으로 발을 집어넣었고, 그러자 커다란 공명음과 함께 공간이 일그러지기 시작하였다.

우우웅—!

그리고 이동하는 이안의 귓전으로, 트로웰의 마지막 한마디가 흘러 들어왔다.

—혹시나 그곳에서 '숲지기'를 만난다면, 절대로 경거망동하지 마시게.

"……?"

-그녀는 자네의 위격으로 어찌해 볼 수 있는 존재가 아니니 말이야.

이안은 숲지기라는 존재가 궁금했지만, 더 이상 말을 이을 수는 없었다.

이미 트로웰의 목소리가 희미하게 들릴 만큼, 포탈 안쪽으로 깊숙이 빨려 들어간 상태였으니 말이다.

'젠장, 좀 빨리 말하든가.'

하지만 그것과 별개로 '근원의 숲'에 대한 이안의 흥미도는 점점 더 올라가기 시작하였다.

불확실성과 의외성만큼, 콘텐츠를 재미있게 만들어 주는 요소도 없었으니 말이다.

새하얀 빛으로 가득 들어찼던 이안의 시야가, 점점 다시 선명해지기 시작하였고, 이어서 이안의 눈앞에 천상의 공간이 펼쳐졌다.

띠링-!

-'성운을 밟은 자' 칭호를 획득하였습니다.

-'정령의 빛'이 당신을 인도합니다.

그리고 이안은 눈앞에 떠오른 푸른 빛줄기를 정신없이 쫓아 달리기 시작하였다.

띠링-!

-'근원의 숲'에 입장하셨습니다.

-조건이 충족되었습니다.

-'대지의 날개'가 소멸됩니다.

-'정령의 빛'이 소멸됩니다.

푸른 잔디에 발을 디딘 순간, 이안은 무릎을 짚은 채 가쁜 숨을 내쉬었다.

"허억, 허억……."

대지의 날개 덕에 성운 위를 달리는 데에는 문제가 없었지만, 제한 시간 때문인지 무척이나 급박하게 달려야 했던 것이다.

성운 위에서는 소환수를 타는 것도 불가능했으며, 어떤 공간 이동 계열의 능력을 사용하는 것도 불가능했기 때문에, 이안은 오롯이 신체 능력으로만 미친 듯이 달려야 했다.

'후, 무슨 육상경기 뛰는 것도 아니고…….'

하지만 숨을 좀 고르기 시작하자, 이안은 슬슬 주변의 풍경을 둘러볼 수 있게 되었다.

지금껏 온통 빛과 구름으로 둘러싸여 있던 곳을 지나, 확실히 '숲'이라는 이름에 어울리는 공간이 눈에 들어오기 시작한 것이다.

'일단 아직까지 특별한 것은 안 보이는데…….'

이안은 눈을 반짝이며 천천히 걸음을 옮겨 숲의 안쪽으로 이동하기 시작하였다.

그리고 소환 해제되었던 소환수들을 차례로 다시 소환하기 시작하였다.

우우웅-!

-소환수 '라이'를 소환하였습니다.

-소환수 '카르세우스'를 소환하였습니다.

……후략…….

일단 이안이 소환한 소환수들은 덩치가 작은 소환수들이었다. 정확히는 실제로 덩치가 작거나 폴리모프로 작아질 수 있는 소환수들.

아직 근원의 숲이 어떤 곳인지조차 파악되지 않은 상황에서 모든 소환수들을 다 소환하고 보는 것은 생각보다 위험할 수 있는 일이었으니 말이다.

"이곳은 어딘가, 주인."

"크릉……! 신비로운 힘이 느껴지는 곳이다."

처음 숲에 도착한 이안과 마찬가지로, 신기한 표정으로 주변을 두리번거리는 이안의 소환수들.

그런데 바로 그때, 뭔가를 발견했는지 뿍뿍이가 고개를 갸웃하였다.

"뿍……?"

잔디를 밟으며 여기저기 둘러보더니, 계속해서 커다란 머리를 갸웃거리는 것이다.

"왜 그래, 뿍뿍이. 무슨 일 있어?"

뿍뿍이에게 다가간 이안이 의아한 표정으로 물었지만, 뿍뿍이는 대답 대신 계속해서 숲 이곳저곳을 둘러보기 시작하였다.

"……?"

그리고 잠시 후, 뭔가를 깨달았는지 뿍뿍이의 동공이 점점 더 커지기 시작하였다.

"아, 알겠뿍……!"

"뭘 아는데?"

"여기, 어딘지 알겠다는 얘기다뿍!"

그리고 이어지는 뿍뿍이의 말을 듣는 이안의 동공 또한, 점점 더 확대되기 시작하였다.

뿍뿍이의 얘기는 이안으로서는 생각지도 못했던 내용을

담고 있었다.

"뿍…… 이 기분 나쁜 냄새……."

"응?"

"알 수 없는 거부감이 드는……뿍. 이 분위기! 뿌뿍!"

"거부감?"

"주인, 기억 안 나냐뿍?"

"뭐가?"

"주인과 내가 고통 받았던…… 사랑의 숲 말이다뿍."

"……!"

오래 전, 차원의 마도사 그리퍼의 도움으로 가 볼 수 있었던 곳인 히든 필드, 사랑의 숲.

뿍뿍이는 지금 이안이 도착한 이곳이 사랑의 숲이라고 이야기한 것이다.

그에 뒤늦게 과거의 기억을 떠올린 이안은 다시 주변을 두리번거리며 둘러보았다.

'그러고 보니, 분위기가 뭔가 비슷한 것 같기도 하고…….'

푸르게 펼쳐진 숲과 파란 하늘 사이.

한편에 그려진 아름다운 무지개와 그 위로 떨어지는 새하얀 햇살을 보며, 이안은 뿍뿍이의 이야기가 그럴싸하다는 생각이 들기 시작하였다.

'진짜 사랑의 숲인가?'

그리고 만약 뿍뿍이의 말처럼 이곳이 사랑의 숲과 같은 곳일 경우.

이안이 할 수 있는 최선의 선택지는 정해져 있었다.

'만약 여기가 정말 사랑의 숲과 같은 곳이라면, 어떻게든 이리엘을 찾아야 해. 이리엘이라면 날 도와주겠지.'

사랑의 숲 관리자인 이리엘을 떠올린 이안은 기분 좋은 표정이 되었다.

그녀는 그리퍼만큼이나 오래 알아 왔던 친밀도 최상의 NPC였으니 말이었다.

이안의 입장에서는 연고 없는 타지에서 예상치 못한 지인을 만난 기분이랄까.

'흐흐, 뭔가 잘 풀리는 기분인데?'

하지만 행복 회로를 돌리며 이리엘을 찾으려던 바로 그 순간.

이안은 다시 멈칫할 수밖에 없었다.

그의 머릿속에, 불현듯 트로웰의 마지막 대사가 떠올랐으니 말이었다.

-혹시나 그곳에서 '숲지기'를 만난다면, 절대로 경거망동하지 마시게.

-그녀는 자네의 위격으로 어찌해 볼 수 있는 존재가 아니니 말이야.

'잠깐, 그런데 트로웰은 대체 왜 그런 말을 했을까?'

만약 이 근원의 숲이 사랑의 숲과 같은 곳이라면, 트로웰이 말한 숲지기는 이리엘일 수밖에 없다.

그런데 트로웰의 말대로라면 이리엘이 위험한 존재라는 뜻이었으니, 이안으로서는 혼란에 빠질 수밖에 없는 것이다.

"흐으음……."

하지만 이안의 고민은 그리 길게 이어지지 않았다.

트로웰의 경고에 대한 고민은 일단 이리엘을 찾은 다음에 생각해도 늦지 않다고 판단되었으니 말이다.

'뭐, 어차피 이리엘을 찾는 것이 아니더라도, 불과 바람의 권능을 찾기 위해 숲을 뒤져 보긴 해야 하니까.'

생각을 정리한 이안은 다시 뿍뿍이를 향해 입을 열었다.

사랑의 숲과 비슷한 분위기의 맵인 것까지는 확인했지만, 그렇다고 해서 숲의 길까지 기억나는 것은 아니었으니까.

"뿍뿍아."

"뿍……?"

"너는 여기가 사랑의 숲이라고 확신하는 거지?"

"그렇다뿍."

뿍뿍이의 답을 들은 이안이 마른침을 꿀꺽 삼킨 뒤 다시 입을 열었다.

"그럼 혹시, 이리엘 님을 찾아 줄 수 있겠어?"

"이리엘 님이라면…… 그 배려심 부족한 못된 엘프 여자를 말하는 거냐뿍."

"못되다니……?"

"설마, 주인…… 여자 친구 생겼다고 과거의 치욕을 잊은 거냐뿍!"

"아……."

"찾고 싶지 않뿍. 다시 보고 싶지 않은, 나쁜 엘프다뿍."

뿍뿍이의 분노에 피식 웃어 보인 이안은 일단 녀석을 설득해 보기로 하였다.

뿍뿍이가 뭔가를 찾는 데 도가 튼 것만큼은 이제껏 수없이 보아 온 팩트였고, 때문에 지금 아쉬운 것은 이안이었으니 말이다.

"뿍뿍이, 너도 곧 연애할 거 아냐?"

"뿍……?"

"예뿍이에게 잘 보이려면, 이리엘 님의 도움이 필요하지 않을까?"

"뿌뿍?"

"이리엘 님이라면 예뿍이의 마음을 얻을 방법도 알고 계실 것 같은데……."

이안의 말이 끝나자마자, 뿍뿍이는 자못 심각한 표정이 되었다.

그의 말이 너무도 그럴싸해 보였으니 말이다.

이어서 고민하는 뿍뿍이를 향해, 이안이 은근슬쩍 양념을

치기 시작하였다.

"뿍뿍아."

"뿍?"

"멋진 거북이가 되려면, 때로는 자존심을 버려야 할 때도 있는 거야."

"머, 멋진 거뿍?"

"그래, 멋진 거북."

그리고 이안의 말을 들은 뿍뿍이의 두 동공이 가늘게 떨리기 시작하였다.

'멋진 거북'이라는 단어가 뿍뿍이의 심금(?)을 울린 것이다.

"뿌뿍……! 사랑을 위해 자존심을 버려야 하는 거냐뿍."

"예뿍이를 위해서라면 그 정도는 할 수 있지 않아?"

"그렇뿍. 예뿍이의 마음만 얻을 수 있다면……!"

고개를 끄덕인 뿍뿍이는 이안의 말에 더욱 몰입한 표정이 되어 그를 올려다보았다.

그리고 그런 뿍뿍이를 향해, 이안이 진지한 표정으로 쐐기를 박아 넣었다.

"크, 역시 넌 멋진 거북이야."

"맞뿍. 난 멋진 거북이다뿍."

"그러니까 이제 이리엘 님을 찾아보자. 우리가 사랑의 숲에 다시 오게 된 건, 어쩌면 운명일수도 있어."

"알겠뿍. 나만 믿어라뿍."

그렇게 이안에게 설득당한 뿍뿍이는 의욕적인 표정이 되어 앞장서기 시작하였고.

그런 뿍뿍이의 뒷모습을 보는 이안의 표정에도 기대감이 어리기 시작하였다.

'그래, 뿍뿍이가 이리엘 님만 찾아준다면……! 생각보다 쉽게 퀘스트를 진행할 수도 있겠어.'

하지만 뿍뿍이를 따라 숲길을 걷던 이안은 점점 뭔가 이상함을 느끼기 시작하였다.

"엇, 저기 사슴이……?"

"뭐야, 저 백마는 레벨이 대체 왜 저래?"

분명 사랑의 숲에서 보았던 몬스터들이 눈앞에 하나둘 등장하고 있었는데, 그 수준은 그때와 너무도 달랐으니 말이었다.

–갈색노루/Lv.120(초월)

–적안의 백마/Lv.150(초월)

'사랑의 숲에 있던 동물들은 분명 레벨이 10 정도였는데……. 게다가 초월 레벨도 아니고 그냥 레벨이었고.'

때문에 이안은 긴장하기 시작하였다.

사랑의 숲에서 170레벨이었던 유니콘이 이곳에 등장하기라도 하면, 초월 300레벨을 뚫어도 이상하지 않을 것 같았으니까.

'게다가 사랑의 숲 동물들은 전부 커플이었는데…… 여기 사슴들은 꼭 그렇진 않잖아?'

하여 이안은 뿍뿍이를 향해, 조심스레 다시 물어보았다.

"뿌, 뿍뿍아."

"뿍?"

"여기 사랑의 숲 맞아? 좀 이상한데……."

기분 탓인지 숲속을 거니는 사슴들조차도, 뭔가 근육질로 보이기 시작하는 이안.

하지만 이미 멋진 거북에 꽂힌 뿍뿍이는 고개를 강하게 저으며 계속해서 걸음을 옮겼다.

"분명 여긴 사랑의 숲이 맞뿍."

"그, 그래?"

"지금 거의 다 찾은 것 같으니, 나만 믿고 따라와라뿍."

"알……겠어."

해서 이안은 뿍뿍이의 뒤를 따라, 조심스레 숲길을 이동하기 시작하였다.

어쨌든 근육질의 사슴들(?) 정도는 아직 감당할 수 있는 범위의 몬스터들이었으니, 조금 더 지켜보려는 것이다.

그리고 그렇게 20여 분 정도가 더 지났을까?

뭔가를 발견한 이안의 동공이, 다시 크게 확대되었다.

"엇, 저건……?"

지금까지는 뿍뿍이를 따라 움직이면서도 사랑의 숲에 대한 기억이 거의 나지 않았었는데.

숲길의 끝에 펼쳐진 거대한 나무를 보자, 잊고 있던 기억이 확 떠오른 것이다.

'저건 분명, 이리엘 님이 관리하던 세계수야……!'

하여 이안은 기특한 표정으로 뿍뿍이의 뒷모습을 응시하였다.

뭔가 미심쩍은 구석이야 많이 보였지만, 결국 이리엘의 세계수가 존재한다는 것은 뿍뿍이의 말이 맞았다는 이야기였으니 말이다.

'짜식, 오늘따라 믿음직스럽잖아?'

오늘은 오랜만에 미트볼의 배급량을 두 배로 늘려 주고 싶을 정도!

하지만 이 숲의 반전은 여기서 끝이 아니었다.

이안이 흐뭇한 표정으로, 뿍뿍이를 향해 입을 열려던 바로 그때.

기이잉-!

세계수를 향해 걷던 이안과 뿍뿍이의 바로 앞에, 기이한 일렁임과 함께 의문의 그림자가 모습을 드러내었으니 말이었다.

우우웅-!

게다가 그 그림자로부터 느껴지는 기운은 분명히 이안 일행을 향한 적대감!

그 때문에 이안은 반사적으로 정령 마법을 캐스팅하여, 그림자를 향해 쏘아 보냈다.

일단 상대로부터 적대감이 느껴지는 이상, 먼저 선공을 하는 것이 유리할 테니 말이었다.

"루가릭스, 엘!"

"알겠다, 주인. 소울 스톰!"

"빛의 섬전!"

소환되어 있던 소환수들을 동원해, 순간적으로 가능한 모든 원거리 공격까지 퍼부은 이안.

콰콰쾅-!

그리고 다음 순간, 떠오른 시스템 메시지를 확인한 이안은 더욱 경악한 표정이 될 수밖에 없었다.

-소환수 '루가릭스'의 마법, '소울 스톰'이 발동합니다.

-소환수 '엘카릭스'의 마법, '빛의 섬전'이 발동합니다.

……중략……

-숲지기 '청랑'의 고유 능력, '마력의 방호'가 발동하였습니다.

-강력한 마법력의 방호로 인해, 마법 피해의 위력이 급감합니다.

-숲지기 '청랑'에게 피해를 입혔습니다.

-'청랑'의 생명력이 21만큼 감소합니다.

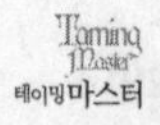

–'청랑'의 생명력이 18만큼 감소합니다.

……후략…….

'뭐라고……?'

급하게 사용하느라 완벽하게 설계된 공격들은 아니었지만, 그것을 감안한다 해도 어이없을 정도로 낮은 대미지가 시스템 메시지에 찍혔으니 말이었다.

꿀꺽–!

그 때문에 이안의 등줄기를 타고, 한 방울 식은땀이 흘러내렸다.

시스템 메시지를 확인하자, 비로소 트로웰의 경고가 제대로 체감되기 시작한 것이다.

'젠장, 이거 제대로 꼬였는데?'

이안은 빠르게 머리를 굴리기 시작하였다.

지금이 어쩌면 이 퀘스트의 성패를 결정지을 수도 있는, 중요한 선택의 기로라고 생각되었으니 말이다.

지금이라도 저 괴물 같은 존재를 피해 도주를 택하거나, 아니면 어떻게든 맞상대하여 공략법을 찾아보거나.

이안은 둘 중 하나를 선택해야만 했다.

'저 마력의 방호라는 건 분명 마법 피해만 흡수하는 것 같으니…… 물리 딜로 어떻게든 승부를 내 봐야 하나?'

하지만 이안은 그리 쉽게 선택지를 선택할 수 없었다.

두 가지 선택지 모두 커다란 리스크를 안고 있었으니 말이다.

저렇게 공간 이동 마법을 자유자재로 사용하는 녀석을 상대로, 도망간다고 하여 도망칠 수 있을지도 의문이었던 것이다.

그래서 이안의 그 고민은 상대에 의해 강제로 결정지어질 수밖에 없었다.

위잉-!

이안을 향해 다가오는 듯 보였던 그 의문의 그림자가, 순식간에 공간을 격하여 눈앞에 나타났으니 말이었다.

"허억……!"

이안은 저도 모르게 헛바람을 집어 삼켰고, 이어서 그 의문의 존재와 허공에서 눈이 마주쳤다.

그리고 그 순간, 이안은 머릿속이 텅 비어 버렸다.

길게 늘어진 푸른 머릿결과, 에메랄드빛으로 수놓인 하얀 드레스.

그리고 그 드레스 사이로 튀어나온 신비한 빛깔의 꼬리들까지.

게다가 이리엘과 비교하더라도 전혀 부족하지 않은 외모를 가진 눈앞의 존재는, 이안조차도 정말 듣도 보도 못한 존재였으니 말이었다.

그리고 그렇게 멍한 표정으로 굳어 버린 이안의 정신을 깨운 것은, 이안의 앞에 두둥실 떠오른 '그녀'의 날카로운 목소리였다.

"이 건방지고 못생긴 인간은 또 뭐야?"

to be continued

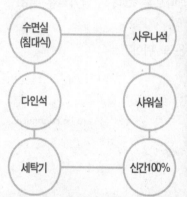

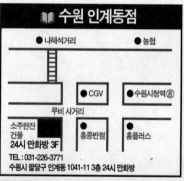